LOST™

SEASON 2

VOL.1

Man of Science, Man of Faith

Adrift

Orientation

Everybody Hates Hugo

...And Found

Characters　主な登場人物

ジャック
[マシュー・フォックス]
生存者たちのリーダー的存在。
ケイトとは互いに好意を抱く。

ソーヤー
[ジョシュ・ホロウェイ]
人間不信のトラブルメーカー。
ケイトに惹かれている。

サイード
[ナヴィーン・アンドリュース]
冷静な判断力で皆を導く存在。
元イラク共和国軍兵士。

クレア
[エミリー・デ・レイビン]
島で息子アーロンを出産。
謎の男イーサンに拉致され、一時記憶を失う。

シャノン
[マギー・グレイス]
事故死したブーンの妹。
サイードと急接近する。

サン
[キム・ユンジン]
ジンの妻。ジンとは一時絶縁状態だったが、
再び絆を取り戻す。

ウォルト
[マルコム・デヴィッド・ケリー]
マイケルの息子。
不思議な能力を秘めている。

ミスター・エコー
[アドウェール・アキノエ=アグバエ]
謎めいたナイジェリア人。
信心深い一面を持つ。

リビー
[シンシア・ワトロス]
臨床心理士。
思いやり深い性格。

ケイト
[エヴァンジェリン・リリー]
ジャックと共に皆をまとめる気丈な女性。
実は護送中の指名手配犯。

ロック
[テリー・オクィン]
島に対する特別な感情から、しばしば独断的
かつ不可解な行動をとる。

チャーリー
[ドミニク・モナハン]
ドラッグに溺れていたロックスター。
クレアに好意を抱く。

ハーリー
[ホルゲ・ガルシア]
皆のムードメーカー的存在。
ある数字の存在に怯えている。

ジン
[ダニエル・ディ・キム]
言葉の壁から皆と距離を置いていたが、
いかだ造りを機にマイケルと親しくなる。

マイケル
[ハロルド・ペリノー]
いかだで島から脱出するが、
何者かに息子を奪われる。

ローズ
[L・スコット・コールドウェル]
心優しい年配の黒人女性。

アナ・ルシア
[ミシェル・ロドリゲス]
後部座席組のリーダー的存在。
ジャックと面識がある。

バーナード
[サム・アンダーソン]
年配の白人男性。
事故で行方不明になった妻を気づかう。

LOST™

SEASON 2

VOL.1

［原案］
ジェフリー・リーバー
J.J.エイブラムス
デイモン・リンデロフ
［編訳］
入間 眞

An original novel based on the hit television series
created by Jeffrey Lieber and J.J. Abrams & Damon Lindelof
and the original teleplays,
"Man of Science, Man of Faith" Written by Damon Lindelof
"Adrift" Written by Leonard Dick AND Steven Maeda
"Orientation" written by Javier Grillo-Marxuach AND Craig Wright
"Everybody Hates Hugo" Written by Adam Horowitz AND Edward Kitsis
"...And Found" Written by Damon Lindelof AND Carlton Cuse

TA-KE SHOBO ENTERTAINMENT BOOKS

CONTENTS

Characters

オーシャニック航空815便の生存者たち

フロント組

ジャック
生存者たちのリーダー的存在。
ケイトとは互いに好意を抱く。

ケイト
ジャックと共に皆をまとめる気丈な女性。
実は護送中の指名手配犯。

ソーヤー
人間不信のトラブルメーカー。
ケイトに惹かれている。

チャーリー
ドラッグに溺れていたロックスター。
クレアに好意を抱く。

シャノン
事故死したブーンの妹。
サイードと急接近する。

マイケル
いかだで島から脱出するが、
何者かに息子を奪われる。

ウォルト
マイケルの息子。
不思議な能力を秘めている。

サイード
冷静な判断力で皆を導く存在。
元イラク共和国軍兵士。

クレア
島で息子アーロンを出産。
謎の男イーサンに拉致され、一時記憶を失う。

ハーリー
皆のムードメーカー的存在。
ある数字の存在に怯えている。

ジン
言葉の壁から皆と距離を置いていたが、
いかだ造りを機にマイケルと親しくなる。

サン
ジンの妻。ジンとは一時絶縁状態だったが、
再び絆を取り戻す。

ロック
島に対する特別な感情から、
しばしば独断的かつ不可解な行動をとる。

ローズ
心優しい年配の黒人女性。

オーシャニック航空815便の生存者たち

バック組

アナ・ルシア
後部座席組のリーダー的存在。ジャックと面識がある。

ミスター・エコー
謎めいたナイジェリア人。信心深い一面を持つ。

リビー
臨床心理士。思いやり深い性格。

バーナード
年配の白人男性。事故で行方不明になった妻を気づかう。

記憶の中の人物

クリスチャン　ジャックの父親。外科部長。

サラ　ジャックの患者。後に彼の妻となる。

スーザン　ウォルトの母親。弁護士。

ヘレン　ロックの恋人。

クーパー　ロックの実の父親。富豪の冒険家。

ジョニー　ハーリーの親友。

ジェ　サンの見合い相手。ホテル王の御曹司。

その他の人物

デズモンド　ハッチの地下施設にいた男。

LOST™

VOL.1

SEASON 2

するとそこにはきまって、ほかの者たち《アザーズ》が現れるのです。
フランス人が言うように、連中が通ると静寂が訪れます。天使にはほど遠い彼らがそこにいる間、わたしは恐ろしさに震えおののくしかありません。わたしに垣間見せたものよりもはるかにおぞましいメッセージや鮮烈な光景を、犠牲者である幼い子供たちに彼らが与えているのではないかと、とても不安なのです。

――『ねじの回転』ヘンリー・ジェームズ

これまでのあらすじ（第1章〜第25章）

シドニー発ロサンゼルス行きのオーシャニック航空八一五便が、太平洋上の名も知れぬ島に墜落。奇跡的に生き延びた四十八名の乗客は、海岸の〈キャンプ〉で集団生活を始めた。

救助隊が一向に現れないことに業を煮やした医師ジャックは、外部と連絡可能な通信機器を回収しようと所在不明のコックピットを探しにジャングルへと分け入る。発見した機首部分には機長が生存していたが、すさまじい咆哮《ほうこう》を発する姿なき怪物によって惨殺されてしまう。

ジャックの持ち帰ったトランシーバーを修理した元イラク兵サイードは、電波状態のよい高地への遠征を計画。そこで受信したのは、十六年間も島内から自動送信されているフランス語による通信だった。同行していた若い女性シャノンの翻訳により、それは救助を求める女性のメッセージだと判明する。

長引くサバイバル生活では食糧と水の不足が避けられない。だが、大量のナイフを所持する謎めいた男ロックがイノシシを狩り、またジャックが島の奥地で偶然迷い込んだ洞窟で湧《わ》き水を探し当て、生存者たちに光明を与えた。

墜落から七日め、身の安全第一を主張するジャックとともに一部の者が洞窟へ移動し、生存者は海岸組と洞窟組に分かれて暮らすことになる。

島は謎に満ちていた。ある者はジャングルで不思議な囁《ささや》き声を聞き、ある者はリアルな幻覚を見てしまう。そんな不安な環境のために人心は荒れ、争いを引き起こした韓国人ジンが手錠をはめられるなど、トラブルがあとを絶たない。ついには機体から物資を密かに集めて隠匿していたソーヤーが、ある疑惑からサイードによって拷問にかけられてしまう。

やがて誤解だとわかったが、サイードは自らの行為を恥じて〈キャンプ〉を離脱。あてもなくさまよううちに、フランス人女性ルソーに捕獲されてしまう。彼女こそ十六年前に難破した科学調査団の唯一の生き残りで、フランス語の救難信号の送信者だった。ルソーは彼に「島には〝ほかの者たち《アザーズ》〟がいる」という衝撃の事実を明らかにする。

同じころ、妊婦のクレアが睡眠中に何者かに襲われる事件が発生したが、妊娠期の幻覚だと決めつけられた彼女は腹を立て、洞窟を飛び出す。クレアに好意を持つ元ロックスターのチャーリーが追いかけたのもつかの間、二人はジャングルでイーサンに拉致《らち》されてしまう。イーサンは生存者グループに紛れ込んでいた〝アザーズ〟のスパイだったのだ。

ジャックたちはただちに追跡を開始。途中で瀕死《ひんし》のチャーリーを保護して助けたものの、クレアの行方は杳《よう》として知れない。数日後に捜索を断念せざるを得なくなった。

その捜索の最中、ロックは彼を師と仰《あお》ぐ青年ブーンとともに、ジャングル内で地中に埋もれた謎の〝ハッチ〟を発見。その日以来、二人は秘密裏にその調査に没頭するのだった。

そのころ海の潮位が急激に上がり、それまで築いてきた〈キャンプ〉はほとんど水没した。海岸組の住人たちは海沿いに移動して、満潮の影響が少ない砂浜に新しい居住地を設営する。

犯罪者であることを隠しているケイトは、自分を護送中だった連邦保安官のアタッシェケースを島の奥地で偶然にも入手。四丁の拳銃の入ったケースはジャックの管理下に置かれる。

ある夜、誘拐されたクレアがおよそ二週間ぶりに洞窟へ帰りついた。だが、彼女は記憶を失っており、イーサンに関して何も答えることができない。ほどなく敵が彼女の奪還を試みようとしてきたため、ジャックたちはクレアをおとりにして逆にイーサンの捕獲に成功。〝アザーズ〟の謎が明らかになると思われたが、その矢先、怒りにかられたチャーリーが彼を射殺してしまい、解明への糸口は途絶えてしまった。

墜落からほぼ一ヵ月が経過し、息子ウォルトを島から脱出させたい黒人男性マイケルは、いかだを建造し始める。ソーヤーの提供した資材によって立派な船の様相を呈し、人々に希望を与え始めたとき、いかだは何者かに放火され、消失してしまう。

犯人はジンだと目されたが、それまで韓国語しか話さなかった妻サンが英語で無実を訴えることで疑いが晴れ、彼は新しいいかだ造りを手伝うことになる。

気のいい巨体の青年ハーリーは、サイードがルソーの隠れ家から持ち帰った書類の中に六つの数字〈4　8　15　16　23　42〉を見つける。それは彼に巨万の富を与えると同時に数々の災厄をもたらした呪いの数字だった。数字こそが島の謎の核心だと確信したハーリーはルソーに会いにいくが、彼女もその数字を無線で傍受しただけだという。

謎のハッチをどうしてもこじ開けられないロックは、夢のお告げに従って行動するうちに、ジャングルに墜落した古い小型プロペラ機を発見する。ブーンが樹上にある機体に登り、ヘロインの詰まった大量のマリア像を見つけるが、無線機で誰かと交信し始めたとたん、機体ごと地面に落下。重傷を負ったブーンはジャックの必死の治療の甲斐もなく息を引き取った。

同じ夜、クレアはジャングルで無事に男の子を出産するのだった。

兄ブーンの復讐を誓ったシャノンによってロックは撃ち殺されかけ、間一髪でサイードたちに助けられる。が、彼らにハッチの秘密を明かさざるを得なくなる。

そんなとき、〝アザーズ〟が襲撃を計画しているという報がルソーによって伝えられる。ジャックは全員でハッチに隠れようと考え、爆薬を入手すべく〝黒い岩《ブラック・ロック》〟へと向かう。

同じ日、完成したいかだでマイケル親子、ソーヤー、ジンが出航。ところがその夜、正体不明の船に襲われ、ソーヤーが銃撃によって負傷、いかだは爆破され、ウォルトを連れ去られてしまう。

そのころ、ジャックたちは爆薬をハッチまで運んだ。扉に呪いの数字を見つけたハーリーが制止する間もなく、ロックの手によってハッチは爆破。そこには地下に続く底知れぬ穴が出現した……。

プロローグ

Prologue

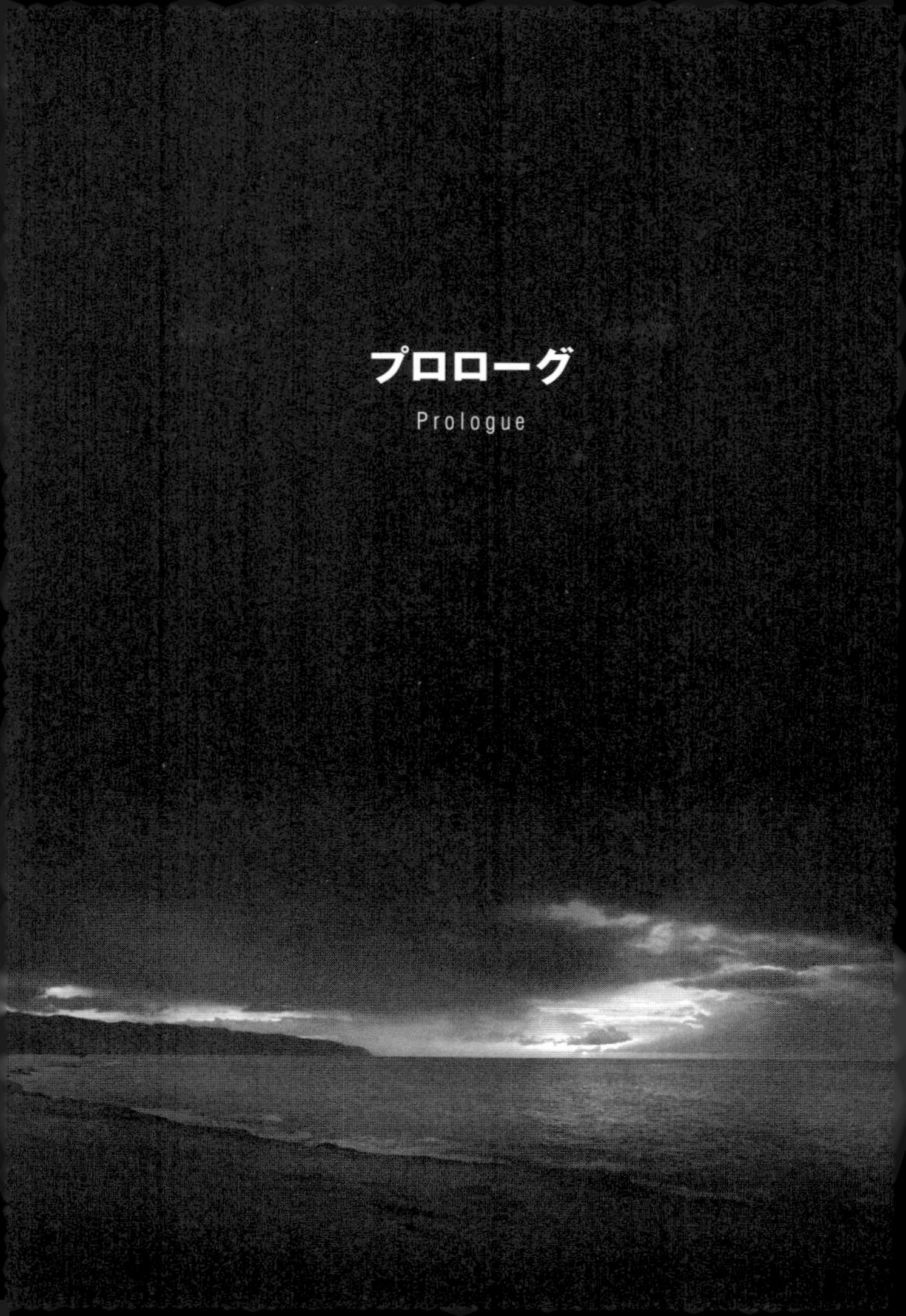

男は目を覚ました。

プッ……プッ……プッ……。スピーカーから響く鋭い警告音で、即座に意識が現実に戻る。

彼は上体を起こし、二段ベッドの上段から床にひらりと飛び降りた。

靴も履《は》かないまま居住区画を急ぎ足で通り抜け、ドームに入る。戸口に放置してあるキャスターつきの椅子《いす》に腰を下ろすなり、素足で冷たい床を蹴《け》った。部屋の中央まで椅子ごと滑って移動し、デスクの前でぴたりと止まって視線をすえる。

旧式のアップルIIコンピュータ。黒いブラウン管ディスプレイには緑色のプロンプトが表示され、点滅するカーソルが入力を待っている。

プッ……プッ……プッ……。

カーソルの点滅と同期して鳴り続ける警告音を聞きながら、男はキーボードからコードを打ち込み、最後に〈実行〉キーを押した。

とたんにカウンターが解除され、警告音が止まる。施設内はたちまち静寂に包まれた。

こうして新しい〝朝〟がまた始まったのだ。

居住区画に戻り、まっすぐレコード棚に向かう。五十枚ほどのコレクションから一枚抜き出し、ターンテーブルに載せてスタートボタンを軽く押すと、針が盤面の溝に静かに下りた。流れ出るママ・キャス・エリオットの歌声。ママス＆パパスを脱退直後の彼女のソロ・アルバムだ。それをBGMに男は活動を開始した。

まずブラインドから光が射し込む窓辺へ行って、テーブル・セットから昨夜の食事に使った食器を片づけ、室内中央にあるキッチンテーブルのシンクで丁寧に洗う。

次は日課のトレーニング。エアロバイク、天井に固定されたパイプを使った懸垂運動、そしてワークアウトベンチでの腹筋運動をこなす。汗まみれの衣服を洗濯機に放り込んでから、シャワーを浴びた。

朝食は粉末プロテインと缶詰のフルーツをミキサーで混ぜたものを一気に飲み下す。

男は機械のような正確さでそれらをこなしていった。この朝の習慣はいつもと何ひとつ変わるところがない。

だが、ジェット・インジェクターで薬液を左上腕に注入し終えたとき、異変は起きた。

突然レコードの針が飛び、音楽が止まってしまった。

まるでどこかで何かが爆発したような一瞬の揺れ。

男はすぐさま警戒態勢に入った。規則に従ってつなぎのユニフォームとブーツをすばやく着用し、銃器庫から装塡《そうてん》した拳銃と自動小銃を持ち出す。キャビネットの制御パネルで非常灯以外のすべての明かりを消し、天井から下ろした監視用望遠鏡を覗《のぞ》き込む。

スイッチを次々に入れると、通路にいくつも設置されているミラーの角度が変わり、像を反射させ、情報を送ってきた。

通路の奥から地上へと伸びている縦坑《シャフト》の底に、最後の鏡が斜めに立てかけてある。それがとらえた映像を望遠鏡の視野の中に認めた男は息を呑《の》んだ。

たいまつの炎が見える。高さ十五メートルほどのシャフトは、入り口がハッチで厳重にふさがれているはずなのに。

それればかりではない。入り口から男が二人、夜空を背にして中を覗き込んでいるのだ。頭を短く刈り込んだ男と、頭を剃《そ》り上げた男が。

いったい誰だ？　ひょっとしてあれが〝彼〟なのか？　ついに〝彼〟が姿を現したのか？

男は怖れを感じながら、銃の安全装置を解除した。

第26章

闇の底

Man of Science, Man of Faith

ジャック・シェパードは無言で穴の中を覗《のぞ》き込んだ。

ダイナマイトで爆破したハッチの下から現れた、地中へと続く縦穴。

ロックのかざすたいまつの光は底まで届かず、どれほど深いのかはわからない。

四方をざらついた内壁で囲まれた穴は断面が縦一メートル横八十センチほどで、金属製のはしごが設置されているものの、上から八段めあたりで破損して途切れていた。

どうやら簡単には降りていけそうにない。当てが外れ、ジャックは唇を噛《か》んだ。

この島に十六年間隠れ住んでいるフランス人ルソーによれば、今夜〝ほかの者たち《アザーズ》〟が襲撃してくるという。彼らの魔手から逃れるためにこの地下施設を避難場所にするつもりだったが、こんな状態ではうまくいきそうにない。オーシャニック航空八一五便の墜落事故を生き延び、洞窟で待機している乗客たちは三十五名。彼ら全員を地下施設に収容する作業だけで丸一晩かかってしまうだろう。

「4、8、15、16、23、42……4、8、おれたちは死ぬ、15、破滅だよ、16、23、42……」

つぶやいているのは少し離れて立っているハーリーだ。すかさずケイトが声をかけた。

「ハーリー、大丈夫？」

「小便しに行きたい……。おたくら最高だよ。地獄に続く穴を見に行けばいいさ」

彼をそのままにしてケイトが穴の縁までやってきた。ジャックとロックの間に屈《かが》み込んで穴を覗いた彼女が不審顔でつぶやく。

「これは何なの？」

「正体なんかどうでもいい」ジャックは吐《は》き捨てるように言って立ち上がった。「中に入れば安全だと考えてたが、この計画はうまくいかない。時間までに全員を降ろすのは無理だ」

剃《そ》り上げた頭を微動だにせずに穴の中を凝視していたロックが不意に立ち上がり、近くの地面に転がっていたこぶし大の石を拾い上げると、穴にそっと落とした。

数秒後に底にぶつかる音がし、耳を澄ませていたケイトが弾かれたようにロックと顔を見合わせる。

「水の音ね」

「浅いな。水たまりのようだ」

「底まで十二メートルぐらいかしら」

「深くても十五メートルまでだな。機体の残骸《ざんがい》から回収したケーブルがあるから、あれで降下用のハーネスを作ろう」

ハッチから離れようとしていたジャックは、それを聞くなり振り向いた。このハッチを発見したロックは中に入ることを宿命だと盲信し、勝手な行動を繰り返している。これ以上、暴走を許すわけにはいかない。

「ジョン、今すぐ戻るんだ」

「そいつは名案だ」間髪をいれずにハーリーが賛同する。「もう帰ろう」

だが、たいまつを持って立ち上がったロックは険しい視線をゆっくりと向けてきた。

「やっとの思いでここまで来たんだぞ、ジャック。せっかくの……」

「はしごが壊れてるじゃないか。四十人もの人間をひとりずつ吊《つ》るして降ろすつもりか？　それよりも洞窟に帰って彼らに状況を説明しよう。ハーネスのことは忘れろ」

「少し落ち着いたらどうだ？」

冷静をうながすロックの言葉にジャックはいらだった。

「いいか？　夜が明けてから探検するのなら反対はしない。だが、今夜はここまでだ。使わなかったダイナマイトを回収して洞窟に帰る。荷物をまとめてくれ、ジョン」

ジャックがぴしゃりと言うと、ロックは鋭くにらみ返した。その場の空気がにわかに張りつめたが、長い沈黙ののちにロックは静かにうなずいた。

「わかった。そうしよう」

ジャックは彼の返事に満足し、ダイナマイトを取りにジャングルの中へと歩きだした。とたんに背後でロックの声がした。

「なぜ中に降りたくないんだ、ジャック？」

ジャックは思わず足を止めて振り向いた。

口調は穏やかだが、おまえは臆病者だと挑発するかのようなロックの顔。ジャックは冷静さをかなぐり捨てて怒鳴り返したいほどの腹立ちを感じた。


呼び出しを受けたジャックがERに急行してみると、ちょうど患者がストレッチャーから処置台に移されたところだった。

運び込まれたのは交通事故で負傷した二十代後半の女性で氏名は不詳。すでに救命士によって首に固定具が装着されているが、胸には銀色のプラスティック片が突き刺さったままだ。

「これはいったい何だ？」インターンが胸の破片に目を丸くする。

「ステアリング・コラムの一部だ」処置台に近づきながらジャックは教えてやった。「ようし、始めよう。僕の父を呼び出してくれ」

「連絡ずみです」

「そうか。で、状況は？」

ジャックが問うと、救命士の女性が進み出た。

「タイヤがパンク、車が中央分離帯を飛び越え、対向のSUVと正面衝突です」

「彼女が運転してたのか？」

「ええ、ひとりで」

「SUVのほうの運転者は？」

そこへ別のストレッチャーが運ばれてきた。付き添ってきた救命士が告げる。

「アダム・ラザフォード、五十七歳、胸部損傷、呼吸音なし」

事故の相手だ。ジャックはすぐにインターンに指示を出した。

「君がラザフォード氏に挿管しろ。その間に僕は……」

「できません！」インターンは青ざめてかぶりを振った。

看護師が切迫した声で言う。「彼女の血圧が降下しています！　80の60！」

「シェパード先生、男性患者の呼吸がどんどん弱まっています！」

ジャックは二人の患者の容態を交互にすばやく見て、女性に専念しようと決断した。

「注射器の用意。でかいやつを頼む」

そう言ってから看護師に女性患者の胸を押さえさせ、刺さっている長さ二十センチほどのプラスティック片を一気に引き抜いた。血液があふれ出た傷口に止血ガーゼを押しつける。

「88の52」

看護師の血圧値報告にうなずきながら、注射針を患者の胸に突き刺し、太い空シリンダーを装着する。ピストンを引くと、体内にたまっていた血液がみるみる吸い出された。

そのときけたたましい電子音がER内に鳴り響いた。心拍モニターの波形が直線になったのだ。やはり男性患者は助からなかったらしい。だが、そちらには一度目を向けただけで女性患者に集中する。

「血圧が安定してきました」と看護師。

ジャックは注射器を引き抜き、指示を飛ばした。

「血液ガス分析と頸椎《けいつい》のX線写真を頼む。しっかり固定したまま彼女をICUに運ぶんだ」

アダム・ラザフォードから呼吸器が外されるのを無念の思いで眺め、ラテックス手袋を外したとき、女性患者が意識を取り戻した。

「……婚式……ンスを……りたい……」

「喋《しゃべ》っちゃダメ」看護師がなだめるように制する。「安静にしてなきゃいけないわ」

「今、何て言ってた?」とインターン。

「『結婚式でダンスを踊りたい』。彼女はそう言ったんだ」

ジャックはインターンの疑問に答えてERをあとにした。

彼はまだ知る由もない。女性患者の名前がサラ・ワグナーということを。そして二年後に彼女が結婚式でダンスを踊る相手が自分だということも。


未使用のダイナマイト二本の入ったリュックをジャングルから回収したジャックがハッチに

戻ってみると、ロックはまだ穴の縁にしゃがみ込んだまま、中をたいまつで照らしていた。

ハーリーが巨体を揺らしてのっそりとロックの背後に立つ。

「どうしてなんだ？　どうして導火線に火をつけた？」

ロックは肩越しに問い返した。

「なぜ点火してはいけない？」

「おれはおたくに向かって走りながら叫んだのに。両手を振り回して、『やめろ』って」

ロックは小さく笑った。

「確かに君はそう言ったな。おそらく私は早く中に入りたくて興奮していたのだろう。だが、そもそもわれわれは何のためにここに来たんだ？　苦労して〈ブラック・ロック号〉まで行き、ハッチを爆破するダイナマイトを手に入れた。それもこれもハッチに入るという目的のためだ。違うか、ヒューゴ？」

反論できないハーリーの代わりに、ジャックが口を出した。

「目的はみんなの命を救うことだ」

ロックがさっと振り向き、かすかに顔をしかめながらうなずいた。

「そう、みんなの命を救うためだ」

「もしくは、それが僕たちの宿命だから……だろ、ジョン？」皮肉たっぷりに言う。

「かもしれんな」

二人の間で口論がぶり返しそうになったところでケイトが声を上げた。

「ちょっとこれを見て。ハッチの扉」

穴の数メートル横に、爆破によってひしゃげた鉄製の扉が無造作に放置されている。裏返しになったそれをたいまつで照らすと、黒いステンシル文字が書かれてあった。

〈検疫隔離〉の一語。

ジャックたちは言葉もなくその文字を見つめた。


夜の洞窟は静かだった。

クレアの赤ん坊アーロンが無事に戻った歓喜もすでにおさまり、今や誰もが〝アザーズ〟が襲ってくる不安におびえている。彼らは小グループとなって焚火《たきび》を囲みながら互いの意見を交わしているが、大声を出す者はほとんどいない。数メートルおきに置かれたたいまつがパチパチはぜる音やジャングルからもれてくる虫の声が聞こえるほどだ。

サイードは洞窟の中央に立ち、人々の様子に注意を払っていた。

今はまだ彼らは落ち着きを見せている。だが、待機時間が長引いて精神的疲労が蓄積されれば、簡単に冷静さを失ってしまう。そうなるとパニックを引き起こしかねない。その徴候が表れないか、監視し続けなければならないのだ。

何人かがチャーリーの周囲に集まっているのが見えた。先が見えない中、少しでも情報を得ようと熱心に彼の話に耳を傾けている。

「黒い煙に行ったけど、誰もいなかったんだ。だから誰も来やしないさ」とチャーリー。

「でも、あのフランス人女性が言ってたわ」ひとりが口をはさんだ。

「あのフランス女は頭のネジがゆるんでるんだぜ。すべてはたわ言にすぎない。作り話だよ。自分で火をつけといて、火事だって騒いでるのさ」

サイードがじっと見つめていると、チャーリーがふと視線を向けて眉《まゆ》を上げた。

「何だよ？」

「何でもない」

サイードはそう答えて目をそらした。不確かな情報をむやみにばら撒《ま》くべきではないが、今夜に限っては〝アザーズ〟がやってこない公算のほうが大きいと彼自身も考えていた。

黒い煙を上げる巨大なかがり火を造り上げながらも現場に足跡ひとつ残さない。そんな彼らの組織力を持ってすれば、赤ん坊のアーロンを奪うなどおそらく造作もないことだろう。そうしなかったのが、襲撃意図のない何よりの証拠ではないか。

「誰かビンセントを見てない？」

彼の物思いはシャノンの声によって破られた。目をやると、彼女は相手構わず犬のことを尋ねて回っている。ほどなくシャノンは焚火からたいまつを一本抜き取ると、洞窟の出入り口に向かっていった。

「どこへ行くんだ？」サイードは訊《き》いた。

「犬が見当たらないの」

硬い口調で答えながら足早に行くシャノンを、サイードはあわてて追いかけた。今は洞窟に残った三十五人のリーダー役となってはいるが、心を寄せるシャノンが取り乱している姿を目《ま》の当たりにすると誰よりも彼女のことが気にかかってしまう。

洞窟を出ると、夜の闇に包まれたジャングルは不気味に静まり返っていた。

シャノンはたいまつをかざし、がさがさと不用意に音を立てて草を踏み分けていく。

「ビンセント！　ビンセント！」

〝アザーズ〟が来ることはまずないと確信してはいるが、それでもわざわざ大声を上げて彼らの注意を引くのはまずい。

「いい考えとは思えないな」

サイードは彼女に追いついてそうたしなめた。

「五分前には犬を見かけたのよ」シャノンは必死の表情で歩き続けている。「それに『ここには誰もいない』って言ったのはあなたよ」

「おれは『誰も見ていない』と言ったんだ。大きな違いだぞ」

それでもシャノンは足を止めない。サイードは前に回り込んで進路をふさぎ、ようやく彼女を立ち止まらせた。

「ビンセントなら自分で帰ってくる。これまでもそうだったじゃないか」

「でも、これは初めて誰かに頼まれたことなんだから」シャノンは青白い顔で感情を高ぶらせた。「犬の面倒を見てほしいって、この私によ。もしもビンセントの身に何かあったら……」

歩きだそうとした彼女の手から、サイードはたいまつを奪い取った。

「最後に眠ったのはいつだ？　食事をしたのは？　君は疲れ切ってる」

「疲れてたから犬を見失ったなんて、ウォルトに言えないわ」

そのときジャングルの奥で犬の吠《ほ》え声がした。

二人は声のほうをさっと振り返り、急ぎ足で進んだ。しばらく行くと木々が途切れ、小さな草地の空間が開けた。

暗闇の中に白い影がぼうっと浮かんでいる。ビンセントに間違いない。

「おれが犬の背後に回る」

「わかったわ」

サイードはたいまつをかざしながら足音を忍ばせてビンセントに近づき、迂回《うかい》する針路を取った。月のほのかな明かりに、舌を出してしゃがんでいる白いラブラドル・レトリバーの姿が見える。

ところがビンセントは急に身をひるがえし、茂みの中へ駆け込んでしまった。

「ビンセント！」

思わず大声で呼びながら、サイードも犬を追いかけて茂みに飛び込んだ。

シャノンはひとり取り残されてしまった。

「サイード！」

彼を追ってあわてて走りだす。木々の中にちらちらと見えるたいまつの炎を目指したが、いつしか視界から消え、サイードを見失ってしまった。

「サイード！　どこなの!?　サイード！」

立ち止まって周囲に呼びかけてみたが、返事はない。

シャノンはやみくもに駆けだした。どこへ向かって行けばいいのか見当もつかないが、このままジャングルの中にひとりきりでじっと立ってなどいられない。

だが、十メートルも進まないうちに樹木の根に足を取られ、正面から転倒してしまった。うめきながら上体を起こし、地面にぺたりと座ったままあたりを見回す。

「サイード！」

そこにはジャングルの静寂と闇があるばかりだ。たったひとり。たいまつの炎もない。たちまち不安に襲われ、シャノンはぶるっと震えながら暗闇に目を凝らした。

そのときだった。囁《ささや》き声が聞こえた。何を言っているのかはわからないが、数人の人間が四方八方で囁きを交わしている。

誰？　誰なの？　シャノンは鼓動が激しくなるのを感じながら、声の聞こえる方向を次々に見やった。だが、どこにも人間の姿など見えない。恐怖と心細さの中、彼女は柔らかいプラチナブロンドの髪を振り乱すようにしてあらゆる方向に視線を配った。

突然、人影が見えた。

シャノンは息を呑《の》んだ。数メートル先に誰かが立っている。大きく上下させている肩。ずぶ濡《ぬ》れの全身からしたたらせている水。その顔を見て、彼女は驚きの声を上げた。

「ウォルトなの？」

見間違いではない。いかだで旅立ったはずの少年だった。彼は左手の人さし指をゆっくりと唇に当てて沈黙をうながした。

「こ、ここで何してるの？」

シャノンが震える声で訊くと、少年は訴えるような顔つきで何ごとか囁いた。だが、かすかな息づかいが聞こえるだけで、何を言っているのかわからない。

彼女が耳をそばだてようとしたとき、茂みの中から鋭い声が響いた。

「シャノン！」

サイードだ。彼女は安堵《あんど》とともに彼のほうを向き、再びウォルトに視線を向けた。とたんに息が止まりそうになる。少年の姿は跡形もなく消え去っていた。

つかまえたビンセントのリードを引いたサイードが駆け寄り、すぐ横で身を屈めた。

た。

「何があった？」

シャノンは言葉もなく、ウォルトが立っていたはずの場所をただ呆然《ぼうぜん》と見つめるばかりだった。

ハッチから洞窟への帰り道、ケイトは先頭を行くロックにぴったりとくっついていた。

ジャックとロックの間にある確執のクッション役になるのは自分しかいないし、ロックの真意も知っておきたい。彼女は歩きながらさり気なく質問した。

「どうしてあなたはそんな下に降りたがるの？」

「いや、そんなに、だ。どうしてそんなに下に降りたがるの、だな」ロックは言葉使いをあげつらって答えを避けた。「ジャックはおそらく私が狂ってるとでも思っているんだろう」

「どうして？　厚い鉄の扉で内側から閉ざされてて、ご丁寧に〈検疫隔離〉って書かれてるハッチに入りたがるから？」

ロックは笑って応じた。

「楽観的に考えよう。すでに手遅れだ。中に存在するものはとっくに外に出てしまっている」

「〝楽観的〟ね……」

「それにジャックが正気を疑うのも無理はない。五時間前、なんと私は黒いガス状のものによって穴に引きずり込まれかけたんだからな。君はその目で見たか、ケイト？」

ケイトは小さくうなずくしかなかった。

「それじゃ君も私と同様、狂っているのかもしれん。……すると、あのときジャックは何を見たのだろうな？」

今の状況をどこか面白がっているようなロックの口調。

「ねえ、まだ私の質問に答えてないわよ」

「ハッチに入りたいのは、私が好奇心の強い人間だからだよ。……君と同じくね」

そう言うなり、ロックは会話を打ち切るように足を速めた。

――今夜の危機を何とかしのいだら、次に問題になるのはロックだ。

ハッチを爆破する前にジャックが口にした懸念を思い出す。二人の間に生じた深い溝は、いずれは生存者全員の命運を左右することになるのではないか。ケイトはそんな気がしてならなかった。

ジャックはたいまつをかざし、ロックたちから二十メートルほど遅れて黙々と歩いていた。

「急いで追いつこうよ。おたくのカノジョとロックを二人きりにしないほうがいいんじゃないか？」

後ろからぽつりと言ったハーリーを、ジャックはまじまじと見返した。

「いや……冗談だよ」巨体の青年は気まずそうに弁解する。

「悪いが今はそんな気分じゃない」そう言って再び歩きだした。

「本当か？　いつもはミスター・ワハハなのに」

ジャックはその軽口に思わず吹き出した。それを見てハーリーも頬《ほお》をゆるめる。

「それでこそ、おたくだよ。人生はそう悪いもんじゃない。だろ？　〝アザーズ〟が襲ってきておれたちみんなを食っちゃうかもしれないし、いつか誰かが全員を爆薬でふっ飛ばしちゃうかもしれない。けど、朝はゆっくり眠れるもんな」

つとジャックは立ち止まり、ハーリーをまっすぐに見つめた。

「それじゃ、あの数字はどうなんだ？」

「え？」驚いたようにハーリーも足を止める。

「『あの数字はまずいんだ』。僕が飛びついて伏せさせる寸前、君はそう叫んでたろ？」

「ああ……それを話すと長くなるから……」

「時間ならあり余ってる」

「でも、きっとおれのことを頭がヘンなやつだと思うよ」

「いいから話してみてくれ」

しばらくためらってからハーリーは口を開いた。

「ちょっと前だけど……」

歩きだした彼と肩を並べて、ジャックは話に耳を傾けた。

「……おれは精神病棟みたいなところに入ってたんだ。そこにレナードってやつがいて、いつ会っても同じ数字をつぶやいてる。『4、8、15、16、23、42』って、何度も何度も繰り返して。とうとうおれもそれが頭にこびりついてしまったんだ。で、退院してから……正確に言うと退院して二ヵ月後だけど、冷凍ブリトーを買いに行ったときにロトくじも買おうと思いついた。まだ頭から離れなかったんだろうな、あの数字をくじに使ったんだよ。そしたら、一億千四百万ドルが当たった」

ジャックは歩みを止めてハーリーの顔に見入った。

「それが始まりだったんだ。まず、じいちゃんが死んで、次に家が火事になって、それからおれが働いてたチキン屋に隕石《いんせき》が落ちた……。おれの知り合いやおれに関わった人たちに、ろくでもないことばかり起きるんだ。あの数字のせいで」

「ろくでもないこと？」

「そしたら今夜、あのハッチにまったく同じ数字があったんだよ。横に書いてあった。だから、おれは止めようとしたんだ。だって、あれは呪われてるんだから」

あまりに突拍子もない彼の話をどう受け止めてよいかわからず、ジャックは周囲に目を走らせてから訊いた。

「君は精神病棟にいたのか？」

「おれは気が変なわけじゃない」ハーリーは傷ついたような表情を見せた。

「そうは言ってない」

「それだけか？　ほかに言いたいことは？」

「何て言えばいいんだ？」

「少しはおれの話を信じてくれてもいいだろ！」

ハーリーが声を荒げたが、ジャックは肩をすくめた。

「なあ、ハーリー。たかが数字だぞ」

数秒間黙りこくったハーリーは眉を上げた。

「あれは何ていったっけ？　医者がうまく話をすることで患者の気持ちを楽にするやつ」

「〝ベッドサイド・マナー〟か？」

「それだ。おたくのマナーはサイテーだよ」

腹を立てた様子でハーリーはさっさと歩いていってしまった。

ジャックはひと言も反論できなかった。


ジャックはＩＣＵのベッドの足元でカルテに記入していた。

交通事故の患者サラは手術を控えていくつものチューブにつながれているが、顔の傷はすべて縫合され、とりあえず容態も安定していた。

「あの人はどうなったの？」

いつの間にか目を覚ました彼女が尋ねた。

「リラックスしてください。いいですね？」

「私がぶつかった相手の車……運転してたのは年配の人だったわ」

ジャックは点滴に目をすえながら正直に教えた。

「彼はERで亡くなりました」

「どうして私を選んだの？　彼じゃなくて私を……」

「選んでなんかいませんよ。あなたが先に運ばれたから、僕はあなたを治療しただけです」

彼女の表情がゆがみ、その目から涙がこぼれ落ちる。

しばらく泣いてからサラは耐え切れないように訴えた。

「感覚がないの……」

「承知しています」

「私の身にいったい何が起きてるの？」

ジャックはカルテから目を上げて唇を湿らせた。

「胸椎と腰椎が骨折脱臼し、脊椎が多発的に損傷……つまり、あなたの背骨は折れているんです。それから脾臓が破裂し、腹部内出血を止めなければいけません」

サラの目はまばたきもせずに見開かれている。

「手術によって可能な限り修復に努めますが、最良の結果が出たとしても、腰から下の感覚や運動機能が戻る見込みはほとんどないでしょう」

彼は包み隠さず状況を伝えた。そのどれもが絶望的な要素ばかりだが、患者に嘘《うそ》をつくことはできない。

ごくりとつばを飲み込んだサラは「え……」と言ったきり絶句した。

そのときICUの半開きのドアから白衣の顔が覗いた。

「シェパード先生、ちょっといいですか？」

ジャックはうなずき、父親であるクリスチャン・シェパード外科部長について廊下に出た。何も言わずに歩いていく父親の背後から声をかける。

「それで？　僕の何がまずかったんですか？」

「何かまずいことをしでかしたのか？」

「だって、父さんがしかめ面をしているから」

「私はいつもこんな顔だ」

息子は父親の腕をつかんで立ち止まらせた。

「父さん。言いたいことを言ってください」

「ジャック、たまには希望を与えたらどうだ？」父親は真顔で忠告した。「九十九パーセントはダメだとわかっていても、人は残り一パーセントのチャンスのことを聞きたいものなんだ」

「でも、彼女の脊椎は砕けているんですよ。それなのに、いつか治るなんて告げたら、それは間違った希望を与えることになるでしょう?」

父親はうん、うん、とうなずいた。

「そうかもしれん。確かにそうだろう。……だがな、それでも希望は希望なんだ」

穏やかな笑みを浮かべると、外科部長は励ますように息子の肩をぽんと叩いて立ち去った。

その後ろ姿を見送ったジャックはICUとは逆方向に歩きだした。少し考えごとをする時間が欲しかった。


サイードはわめき立てるシャノンに手を焼いていた。

「見間違いなんかじゃないわ！　あの子だった！　あれは絶対にウォルトよ！」

疲労による幻覚だと彼がほのめかしたとたん、シャノンはむきになってしまったのだ。洞窟に戻っても主張を曲げようとしない。周囲には異変を感じたサンやチャーリーやクレアほか、十数名の人だかりができている。

「シャノン、頼むから声を落としてくれ。みんなを混乱させたくない」

「私、〝囁き声〟も聞いたのよ」

それを聞いて、サイードは言葉を失った。

「どこで聞いたの?」クレアが訊く。

「いろんな場所でよ」

「どんなことを言ってた?」今度はチャーリーが問いただした。「誰の声だった?」

「わからない」シャノンがいらだたしげに答える。「たぶん〝彼ら〟よ」

「ウォルトがいたってことは、まさか、いかだに何か……」

心配げにつぶやくサンをサイードはあわててなだめた。

「いかだには何も起きていない。今ごろウォルトは君のご主人やソーヤーといっしょに……」

シャノンが声を荒げた。「サイード! 私はちゃんとこの目で見たのよ!」

「いいか、シャノン。今夜恐ろしいことが起きるかもしれないと、みんなおびえているんだ。君が大声でわめき続ければ、パニックを引き起こしてしまうぞ」

その言葉で彼女の表情に理性がひらめき、口をつぐんだ。だが、急にハッとしたように目を見開き、サイードの顔を見つめる。

「フランス人女性が『彼らが男の子を奪いに来る』って言ってたんでしょ?」

サイードはうなずいた。

「もし、それが赤ん坊のことじゃないとしたら……?」

まるでハンマーで後頭部を打ちつけられたような衝撃を感じ、サイードは息を吞んだ。ありえない話ではない。だが……。

そのときチャーリーが洞窟の入り口に顔を向けた。

「彼らが戻ってきたぞ」

見ると、たいまつを持ったロックが洞窟内に入ってきた。続いてケイト、少し遅れてジャックとハーリーの姿も。

洞窟で長い夜をすごしていた三十五名は一斉に彼らに視線を向け、取り囲むように近づいた。

ジャックは少し高くなった岩棚に立ち、聴衆を見渡した。

「みんな……」

どこから話そうかと考えた瞬間、食い入るように見つめている彼らの思いが痛いほど伝わってきた。聞きたいのは九十九パーセントの厳しい現実ではなく、残り一パーセントの希望なのだ。だが、根拠のない楽観的意見をここで述べるのは正しいことではない。

「ロックがハッチを見つけた。ここから一キロたらずの地中だ」

一瞬、聴衆がざわつく。

「僕たちはそれを爆破して開けるために出かけたんだ。そうすれば、万が一の場合に全員でその中に身を隠せると思ったからだ。だが今は、それがうまくいかないことがわかった。ここにいる全員が今夜中に中に降りることはできそうにない」

「ジャック」声を上げたのはチャーリーだ。「アルツト先生はどこだ?」

ダイナマイトで爆死したなどとはとても言えない。

「彼は……戻れなかった」

とたんに一同に戸惑いが広がり、シャノンが不安もあらわな声で質問を投げかけた。

「彼らを見た？　〝アザーズ〟を向こうで見たの？」

すかさずチャーリーが断じる。「シャノン、〝アザーズ〟なんていやしないんだぜ。さっきから何度も言ってるじゃないか」

「どうしてあんたにそんなことがわかるわけ!?　何も見てないってだけの理由でしょ！」

「外には誰もいないんだ！」

「知らないくせに！」

二人の口論は人々の動揺を誘った。ざわざわとみなが好き勝手な意見を述べ始めるのを見て、ジャックは大声を出した。

「おい！」

瞬時に一同は黙り込み、すがるような目を向けてきた。

「大丈夫。すべてうまくいく」気がつくとジャックはそう言っていた。「みんな落ち着いてくれ。きっと万事うまくいくから。今夜はここにとどまろう。全員いっしょにだ。拳銃が四丁あるから、見張りを立てて洞窟の出入り口を固めればいい。みんなでいっしょにいさえすれば安全だ。あと三時間で太陽が昇る。ここにいる全員で日の出を見よう。僕が約束する」

ジャックは口をつぐんで見回した。洞窟の人々は真剣な面持ちで彼の言葉を受け取り、何人もが小さなうなずきを見せている。〝ベッドサイド・マナー〟はかろうじて彼らの気持ちにプラスに作用したらしい。

　ほっと胸をなで下ろしたときだった。洞窟の入り口付近で何かがどさっと落ちる音が響き、聴衆たちは一斉にそちらを見やった。

　音を立てたのはロックだった。ジャックは内心で舌打ちしながら問いかけた。

「ジョン、何をしてるんだ？」

「ケーブルを準備している」ロックがこともなげに言う。

「何のために？」

「ハッチだ。私は中に入る」

　たちまち人々に困惑が広がる。せっかく彼らに芽生えた希望を台無しにされたことに腹を立てながら、ジャックは岩棚から降り立ち、ロックに近づいた。

「それが賢明な行動だとでも思ってるのか、ジョン？」

　声を殺して訊くとロックはかぶりを振った。

「そうは思わない。正しいのは君のほうだ。ここにいるのが一番安全だろう。朝が来るのを待ち、〝アザーズ〟が本当に現れるのかどうかを待ち、そしていかだに乗った勇気ある仲間たちが救助隊を連れてくるのを待つ。だが、この私は……」彼は輪にした大量のケーブルを肩に担いだ。「私はもう、待つことにうんざりなんだ」

　そう言い捨てると、ロックはひとりで洞窟をあとにした。

人々が当惑した顔を向けてくるのにも気づかず、ジャックはロックの見せた愚弄《ぐろう》にも等しい態度に怒りをつのらせてた。

やがて洞窟内は平静を取り戻し始めた。

集団の中に銃がある安堵感からか、あるいは夜があと三時間足らずで終わるせいか、生存者たちはそれぞれ焚火のまわりで静かな時をすごしている。

そんな中、ジャックは洞窟の出入り口の前に陣取り、オートマチック拳銃を片手に見張り役を買って出ていた。

だが、暗いジャングルに警戒の目を向けなくてはいけないとわかっていても、ついつい物思いに沈んでしまう。ロックのこと、今後のこと、リーダーシップのこと……。

「ねえ、本当に信じてるの？」

不意に聞こえた声に振り向くと、ケイトが意味ありげな表情で立っていた。

「信じてるって、何を？」

「〝万事うまくいく〟ってこと」

ジャックは苦笑を噛み殺してうなずいた。「ああ。もちろん信じてるさ」

彼女の口元にいたずらっぽい笑みが浮かぶ。

「何だかあなたらしくないわ。グラスの中身がまだ半分あると思うか、もう半分しかないと思うかっていう、あれみたい」

「ここにグラスなんかあったっけ？」

そのはぐらかしに二人して笑う。ケイトはすぐ隣の岩に腰を下ろした。

「あなたの言葉、とてもよかったわ。みんなの面倒を引き受けて、ほんのわずかでも希望を与えてくれた。ジャック、もしあなたがいなかったらと思うと……」

そのひと言でジャックは報われた気がした。

ところがケイトは耳を疑うようなことを言い出した。

「私はハッチに行くわ」

ジャックは異議を唱えようとしたが、彼女は口をはさむ余地も与えずに続ける。

「あなたが行けない理由は理解してるつもり。本当よ。でもどっちみちロックは、あなたの考えにはお構いなしにあの中へ入ってしまう。そのときもし彼が誤って落ちて首を折ってしまったら？　それは見すごせないわ。だって〝力を合わせてみんなと生きる〟べきなんでしょ？」

墜落から六日めに生存者たちの心をひとつにするためにジャック自身が使った言葉。それを引用されては反論のしようがない。

「そうだな」

ジャックはしぶしぶうなずき、静かに立ち上がったケイトがそのままジャングルの中へと消えるのを黙って見送るしかなかった。

手術の直前、ジャックはサラ・ワグナーの婚約者をオフィスに通した。

ケビンという名の三十代の男は、デスクの前の椅子《いす》に座るなりそわそわと尋ねた。

「どのくらい……時間がかかるんですか？」

「かなりの重傷ですから、手術は十時間、あるいは十二時間になるかもしれません。実際に身体の中を見るまでは損傷の程度がわかりませんので」

「彼女はドレスの試着と……テーブルクロスを見に車で出かけて、それで事故に……」

「いつですか？　結婚式は？」

「八ヵ月後に……」

「そうですか。サラはそれまでには回復するでしょう」

婚約者は怪訝《けげん》そうに眉根を寄せた。

「回復？　それはどういう……？」

「継続的な理学療法が必要です。しかし、彼女はきっと……」

「ちょ、ちょっと待ってくれ」ケビンはうろたえるようにジャックの話を遮った。「彼女とは、その、アレはできるのか？」

ジャックは相手に気づかれぬ程度にため息をついた。

「先ほど申しましたように、実際に開いてみないと損傷の程度が……」

「赤ん坊はどうだ？　子供を産めるのか？」

「わかりません」ジャックは声に怒りをにじませた。「サラは一生、専門家による介護が必要になる可能性だってある。それを承知しておいてください」

「つまり……ひとりじゃトイレにも行けないってことか？」

「でも、彼女は生きてる。それが何よりも大事なことじゃないですか？」

「ああ。……もちろん、そうさ」

だが、想像力も思いやりも欠如したこの男が心からそう言ってはいないことをジャックは確信していた。

時間になり、オペ準備室に入ったジャックは手術衣に着替え、消毒石けんで手を洗った。ごしごしと両手をこすり合わせるうちに怒りがぶり返す。あの婚約者への怒り、そして力不足の自分への怒り。

激しい感情を隠そうともせずに手術室のドアを乱暴に開けて入室したが、麻酔薬を点滴されているサラを見たとたんに冷静さを取り戻す。手術台にうつ伏せになり顔を左側に向けている彼女はすでに目がとろんとしていたが、彼を認めてつぶやいた。

「こっちへ来て……」

ジャックは手術台に歩み寄り、彼女の上に屈み込んだ。

「秘密を打ち明けるわ……もっと、近くに」

二十センチほどの距離にまで近づき、顔と顔をつき合わせる。

「いいのよ……」

それはどこまでも柔らかい囁き声だった。

「もう自分の脚で踊れないのはわかってる。でも、まだ車椅子でくるっと回れるもの。……結婚式にはあなたを招待するわ。いいでしょ？」

結婚式などありはしない。あの男が逃げてしまうのは火を見るより明らかだ。ジャックはこみ上げる痛ましさの中で固い決意をし、思わず口に出していた。

「僕がきっと治してみせる」

サラはかすかに驚いた様子を見せたが、次の瞬間、眠りに落ちた。

ジャックが顔を上げると、手術室内の医師や看護師たちが準備の手を止めて注視していた。誰もが目を丸くしている。ベッドサイド・マナーとは無縁な彼がこんな約束をしたことに驚きを禁じえないのだろう。

だが、彼らはすぐに目をそらした。全員承知の上なのだ。いくら全力を尽くしても、その約束は初めから守れるはずがないと。

そのことはジャックが一番理解していた。


ケイトがハッチに到着してみると、ロックはまだ穴の縁に立って中を見下ろしていた。

「今ごろは途中まで降りてるだろうと思ってたのに」

背後からそう声をかけると、ロックはちらっとだけ振り返った。その横顔には笑みが浮かんでいる。

「君が来るのを待っていたんだ」

ロックは導線ケーブルとツタをより合わせたロープを一本の木に固く結びつけた。次いで付近にある何本かの低木の幹の間を引き回す。木々との摩擦を滑車代わりに利用しながらゆっくりと中に降りるつもりらしい。

「では、降りてくれるか？」

ケイトは唖然《あぜん》とした。

「私に先に降りろって言うの？」

「君は私より軽い。ロープで降ろすのも引き上げるのも楽だからな。それに穴は下に行くほど狭くなっている可能性もある」

こともなげに言いながら、ロックはロープの端を輪にして作ったハーネスをケイトの身体に通して、足の付け根のところに引っかけた。

「私が何かに食べられちゃう可能性を忘れてない？」

「それもあったな」

楽しげに言う彼をケイトは呆《あき》れて見つめた。

「どうして私が入りたがると思うの？」

「われわれの問題を解決する唯一の道は、中に入ることだからだよ。……きつくないか」

ロックに自分の考えがお見通しなのはくやしいが、心はすでに決まっていた。ハーネスの具合を確かめて答える。

「ええ、大丈夫よ」

ロックが穴の縁に立て膝《ひざ》をつき、片手を差し出した。それをつかんで支えにしながら、ケイトはハッチの内壁に固定されているはしごの最上段に足をかけた。おそるおそる体重を載せたが、壊れる心配はなさそうだ。

次いでロックは小さな懐中電灯を手渡してきた。

「これ、ジャックのでしょ？」

「内緒だぞ」

受け取ったライトで下を照らしてから大きく息をつくと、彼女ははしごの上から二段めに片足を下ろした。三段めに移ろうとしたとき、肝心なことを忘れているのに気づく。

「待って。降下を止めてほしいときは何て合図すればいい？」

「〝止めて〟と言えばいい」

なるほど……。ケイトは最後の疑問を口にした。

「ねえ、こうすることが本当にいい方法だと思ってる？」

「……いいや」

かぶりを振る彼を見て、なぜかケイトは気持ちが落ち着いた。ロックは狂信的かもしれないが、嘘つきではない。彼女は心を決めて大きく深呼吸した。

「わかったわ。行きましょう」

彼女は慎重にはしごを一段ずつ降りた。

完全に穴の中に入ってしまうと、内壁に反響する自分の息づかい以外には何も聞こえなくなった。逆手に構えた懐中電灯を底に向けたが、暗くて何も見えない。何度か光がきらめいたが、おそらく水たまりに懐中電灯が反射したのだろう。

八段ほど降りたところではしごが途切れ、足場がなくなった。ここから先はロックが送り出すロープに身を任すしかない。

降下は一度におよそ二十センチずつ。尻を載せているハーネスを信じてはいたが、上から伸びるケーブルをつかんだ右手には知らず知らず力が入ってしまう。左手のライトで下方を照らし続けているが、ざらついた内壁が見えるだけだった。

と突然、がくんと身体が落下した。

思わず声をもらす。落下は五十センチほどで止まった。

どうしたのだろう？　いぶかしむ視線を上方に向けたとたん、だしぬけに垂直落下が始まり、ケイトは恐怖の悲鳴を上げた。

ロックはヘビのように激しくのたうつロープに跳ね飛ばされてしまった。

滑車の役目を担わせていた木々が、ケイトの重みに耐えかねたのか次々に折れてしまったのだ。支点を失ったロープはすさまじい勢いでハッチの空洞に吸い込まれていく。

ロックは必死になってロープに飛びつき、両手で握り締めると同時に自らの身体を絡ませた。ずるずると引きずり込まれそうになるのをハッチの角に両脚を踏ん張ってこらえる。

ケーブルによる摩擦で手の皮膚が破れたが、それでも彼は何とかケイトの落下を食い止めた。出血した手のひらに重量がかかり、痛みが脳天まで響く。だがロープを放すわけにはいかない。

ロックは歯を食いしばり、腕に渾身《こんしん》の力を込めた。

勢いよく落下したケイトは縦坑《シャフト》の途中で急に止まった。

発し続けていた悲鳴をようやく飲み込む。だが、激しい胸の鼓動と荒い息はおさまらない。手の中に懐中電灯がないことに驚いて下を見ると、穴の底に弱々しい光が見えた。急降下のせいで落としてしまったのだ。次いで穴の入り口を見上げる。どうやらシャフト内の上から三分の二あたりで宙吊りになっているらしい。

「ケイト！　大丈夫か!?」

ロックの叫び声が聞こえてきた。彼女は息を整えつつ声を上げた。

「大丈夫よ！　でもライトを落としちゃったわ！　こうなったら……」

一度外に引き上げてちょうだい、と言う前に降下が始まった。

「……ええ、それでいいわ」そう口にするしかない。

ゆっくりと繰り出されるロープにしがみついたまま縦穴の底に近づいていく。

見下ろすと、転がっている懐中電灯の光がコンクリートか石の床の一部を浮かび上がらせていた。しかし、その光があるために周囲の闇がいっそう深く感じられる。

ケイトは身震いした。足元から這《は》い上がる恐怖心。彼女は口の中でカウントしていた。

「一……」

五秒間だけ恐怖に身を任せる。だが、五つ数え終わったら恐怖を乗り越えるのだ。

「二……」

じりじりと降下は続く。穴の底が見えてきた。あと三メートルほど。

「三……」

今や浅い水たまりもはっきり見える。それから四角い何か。鏡のようでもある。

「四……」

そのとき、下で何かが動いた。

「止めて！」

とっさに叫ぶとロープが急停止した。にわかに呼吸が速くなるのを感じながら、足の下に目を凝らす。

コンクリートの床。水たまり。懐中電灯。鏡。それしか見えない。あとは闇だ。

目の錯覚だったのだろうか。そう思ったとき、かすかな音が聞こえた。さびついた鉄扉を開閉するようなきしり音。それと同時に、底の床がほんのわずかだが明るくなった気がした。今度こそ錯覚ではない。横穴からかすかな光が射したのだ。

「どうした？」くぐもって聞こえるロックの声。

「ジョン！　下に何かいるわ！」

その言葉が終わらないうちに金属音が響きわたり、ケイトは強烈な光に飲み込まれた。

視界を奪われ、何が起きたのかまったくわからない。彼女はたまらずに金切り声を上げて助けを求めた。


ハッチ上面でロープを握り締めていたロックは突然の光に息を呑んだ。

穴の中から放射されたおそろしく明るい白色光は、サーチライトのようにまっすぐに夜空に向かって伸びている。神々しいまでにまばゆい光に目をすがめながら、ロックは瞬間的にブーンが死んだ夜のことを思い出していた。

だが、もはやこれを島が示した〝しるし〟だとは思わない。明らかに人為的なものだ。ロックは緊張しながら叫んだ。

「ケイト！　大丈夫か!?」

とたんにロープが中に引っ張られた。意表を突かれ、身体のバランスを崩しかけたが、ケーブルを握り締めて何とかケイトの落下を防ごうとする。

ところが下からの力はものすごかった。最初の数秒こそ見えざる相手との綱引きは拮抗《きっこう》していたが、すぐに手のひらの中でロープが滑り始めた。

出血を伴う苦痛に叫び声を上げながら、ケイトを奪われまいと力を振り絞る。

彼女の悲鳴が光に混じって立ち上ってきた。

両脚を突っ張り、体重を後ろにかけて引っ張り返そうとしたとき、いきなり抵抗がなくなり、ロックは勢い余って背中から地面に倒れてしまった。

何の前触れもなく光が消え、穴の底から扉を閉ざすような重々しい金属音が響く。

ロックはあわてて立ち上がり、ロープをたぐった。それはするすると上がってくる。むろん、ハーネスの中にケイトはいない。

「ケイト！　ケイト！」

穴を覗き込んで叫んだが、応答はない。

「ケイト！」

ロックの叫びは縦坑の暗闇の中で虚ろに響くだけだった。

「ケイトがあいつといっしょだって？　どうして行かせたんだ？」

チャーリーが驚き顔で言う。

見張りをサイードに交代してもらったジャックは、洞窟内の診療スペースでチャーリーの左目の上の傷を診察していた。

「僕が行かせたんじゃない。彼女の意思だ」

傷の様子を見ながらそう答える。銃弾の火薬を用いたサイードの応急処置はきわめて荒っぽいが、殺菌は十分になされているようだった。

「そうか？　でも、彼女はあんたの許可を求めたんだろ？」

「ケイトは誰にも許可を求めたりしないさ。彼女はやると思ったことはやる」

「だったら何も言わずに行くはずだ。忘れてないか、ジャック？　彼女だってひとりの女の子だぜ」

ジャックが手を止めて見返すと、イギリス人青年はしたり顔で続けた。

「彼女はあんたに言ってほしかったのさ。〝行くな〟って」

そんなバカな、とジャックは思ったが、チャーリーの治療を終えたあとはそのことばかりが気にかかり始めた。

そして考えれば考えるほど、ケイトをひとりで行かせたのが間違いだったのではないかと思われ、ついにリュックをつかみ、銀色のアタッシェを開けてオートマチック拳銃を一丁取り出した。マガジンに弾薬が入っていることを確かめたとき、ハーリーがやってきた。

「どこかへ行くのか、おたく？」

「ハッチに戻る」

「じょ、冗談だろ？」彼は目を丸くした。「あそこに戻るっていうのか？」

「ああ、そうだ」

「だけど、おたく、約束したじゃないか？　ここで朝を待ってみんなで日の出を見るって。あの話はどうなったんだ？」

「気が変わった」

そう言い放つと、ジャックは洞窟を飛び出した。

あわただしく出ていくジャックの姿を見て、クレアは不審そうに言った。

「何かあったのかしら？」

彼女の前で腰を下ろしているチャーリーは肩をすくめて答えた。

「ジャックがヒーローにふさわしい役目でも果たしに行くんじゃないか？」

「答えをはぐらかしたいときはいつも、あなたはふざけようとするのね」

硬い表情でそう言いながら、クレアは抱いていたアーロンをチャーリーに手渡した。

「彼はあそこへいくんでしょ？　ハッチとかいうところへ」

「おれがそんなこと知ってると思うかい?」

チャーリーは抱いたアーロンの背中を軽く叩きながらそう訊いた。たちまち赤ん坊は小さなゲップをし、それを見てクレアが表情をゆるめる。

しばらく彼が赤ん坊に変な顔を作ってあやしていると、チャーリーのバッグを片づけようとしていたクレアが声を上げた。

「これは何?」

そちらを見たとたん、チャーリーの顔はこわばった。クレアが聖母マリア像をバッグから取り出している。中にヘロインが詰まっている陶器製の像。密輸人のビーチクラフト機から彼がこっそり持ち帰ったものだ。

「偶然見つけたんだよ。ジャングルを歩いていて」彼はとっさに嘘をついた。

「こんなものがジャングルに?」

「ああ。落とさないでくれよ。聖母マリアは、その、神聖だからな」

チャーリーは赤ん坊をクレアに返し、マリア像をさり気なく取り返した。

「あなたにそんな信仰心があるなんて知らなかったわ」

「信仰心とかじゃなくて……何となく持っていたいんだ。いつか役に立つかもしれないから」

壊れないようにマリア像を丁寧にバッグの中にしまってから、チャーリーはクレアを盗み見た。怪しんでいるようなそぶりはない。彼はそっと胸をなで下ろした。

ジャックは一キロ足らずの道のりをひたすら急ぎ足で歩き続けた。頭の中で悪い想像ばかりめぐらせながらようやくハッチに到着してみると、そこには誰もいなかった。

ぽっかりと口を開けた穴、周囲でまだ燃えている数本のたいまつ、地下へと垂れ下がっているロープ。ケイトもロックも姿が見えない。あたりのジャングルをたいまつの炎で照らしてみたが、そこにも人のいる気配はまったくなかった。

ジャックはロープをあらためた。ハッチから数メートル離れた太い木の幹に縛りつけられている。引っ張ってみたが、しっかり固定されているようだ。

穴の中を覗き込む。相変わらず真っ暗闇で何も見えない。

「ケイト！　ロック！」

何の反応もない。ためしにハッチ内にたいまつを投げ入れてみる。地中に吸い込まれるように落下していく炎は壁以外には何も照らし出さなかった。

こうなったらなすべきことはただひとつ。嫌でも中に入らなければならない。

ジャックはリュックからTシャツを取り出し、それを細く裂いて両手に巻きつけた。手のひらを保護するための間に合わせのプロテクターだ。

穴をまたぐように立ち、はしごを数段降りる。ロック手製のロープを握り、ぐっと引いて安全性を確かめた。

目を閉じ、深呼吸をする。一回、二回、三回。目を開けて穴の底で消えかかっているたいまつの炎を見下ろしたジャックは、一気にロープを滑り降りた。

ジャックは息を切らし、スタジアムの階段を黙々と駆け上っていた。

〝ツール・ド・スタッド〟。それはフットボール・スタジアムの観客席にあるすべての階段を上り下りして制覇する、手軽かつ過酷なトレーニングだ。

夜の競技場は人っ子ひとりおらず、ジャックの足音だけが響いている。空気はひんやりとしているが、彼のスウェットシャツは汗だくだった。

階段を上りつめると、連絡通路を横に走り、次の階段を今度は駆け下りる。何度めかの上りに差しかかったとき、彼は別の足音に気がついた。音のほうを見やると、一ブロック隣の階段を同じように駆け上っている男がいる。

だが、男のペースはジャックのそれをはるかに上回っていた。リズミカルに運ぶ足は羽毛のように軽やかで、まったく疲れを感じさせない。

ちらちらとそちらを見ているうちに、ジャックの対抗心に火がついた。負けるわけにはいかない。特にこんな夜は、絶対に。

足の回転をどんどん速めた彼だったが、負荷が大きかったのか、あっと思ったときには足をひねり、前のめりに転んでしまった。

「くそっ！」

段に手をついてうずくまっていると、男が風のように駆け寄ってきた。

「大丈夫か、ブラザー？」

長い髪を後ろで束ねた三十代の白人男性。どこかラテン系の血を感じさせる精悍《せいかん》な風貌だが、言葉は明らかにスコットランド英語だった。

「平気だ。何でもない」

立ち上がろうとしたが、足首の痛さに思わずうめき声を上げてしまう。

「無理しないほうがいい。体重をかけるな」男はジャックの足元にしゃがみ、足首を調べ始めた。「こうすると痛むか？」

居心地の悪さを感じながら、ジャックはかぶりを振った。

「それなら捻挫《ねんざ》はしてない。でも、おれと張り合おうとしたのは無謀だったな」

「張り合ってなんかいない」

「だろうね」

ジャックは話を変えた。「捻挫に詳しいのか？」

「医者になる一歩手前までいったことがあるんだ」

「それは奇遇だな」

「あんたは医者なのか？」男が驚き顔で訊きながら隣に座り込む。

ジャックがうなずくと、彼は水のボトルを差し出し、質問を重ねた。

「それで？　あんたの理由は？」

「理由？」

「まるで悪魔にでも追われてるみたいに死に物狂いで走る理由さ」

ジャックは答える代わりに、受け取ったボトルから一気に水をのどに流し込んだ。

「おれの理由はトレーニングだ」男が楽しげに言う。

「トレーニング？　何のための？」

「世界一周のレースがあるんだ。大したもんだろ？　で、そっちの素敵な理由は何だい、ブラザー？」

「僕は……考えたいことがいくつかあって」

ジャックがためらいがちに答えると、男は白い歯を見せた。

「女の子の問題だろ？」

「患者の問題だ」

「ははあ、女の子の患者だな？　何て名前だ？」

初対面の男の馴《な》れ馴れしい態度を疎ましく感じながらも、ジャックは答えていた。

「名前はサラ」

「その女性に何をしたんだ？　こんなに走って自分を苦しめずにはいられないようなことを彼

女にしたんだろ?」

「守れない約束をした。きっと治してみせると彼女の前で誓ったのに、うまくいかなかった。手術に失敗したんだ」

十時間全力を尽くした手術室から逃げるようにして飛び出し、行き着いた先がここだった。ジャックは、無念の中で背中を縫合した感触がいまだ残る指先に目を落とした。

しばらく黙り込んだ男がやがてぽつりと言った。

「ひとつだけいいか? もし彼女が治ったとしたらどうだ?」

「治していない」

「だけど、もし治ったら?」

「君はありえないことを言ってる」

「ありえない? なぜ?」

もう十分だ。ジャックは硬い口調で教えてやった。

「彼女の置かれた状況を考えれば、それは奇跡だからだよ。ブ、ブ、ブラザー」

「そうか……あんたは奇跡を信じないタイプなんだな」

奇妙な男だ。ジャックは思わず苦笑した。

「それじゃ……」男の口調が急に変わる。「おれからひとつあんたにアドバイスしよう。持ち上げるんだ」

「持ち上げる？」

「足を持ち上げろ。そして足首に体重をかけないことだ」

ジャックは笑った。確かに現実的で的を射た助言だ。

「話せて楽しかったよ」

そう言いながら男が笑顔で立ち上がる。ジャックはボトルを返した。

「僕はジャックだ」

「おれはデズモンド」

二人は握手を交わした。

「幸運を祈るよ、ブラザー。次の人生でまた会おう」

デズモンドは明るい顔でそう言うなり、スタジアムの階段を再び駆け下りていった。

つむじ風のように現れ、そして去っていった通りすがりの男。だが彼は、ジャックの心に安らぎにも似た何とも不思議な感情を残したのだった。


穴の終点が近づいてきたところでジャックはロープを握った手に力を込めてブレーキをかけ、闇の底に降り立った。

コンクリート床の浅い水たまりで靴底がしぶきを散らす。湿った音が坑内に響いた。

点灯した懐中電灯が足元に落ちているのに気づいて拾い上げる。〈ブラック・ロック号〉内の探索やハッチを爆破する作業で使用した彼自身のライトだ。

なぜこんなところに？　ケイトにもロックにも渡した覚えはない。だがとりあえずその詮索は後回しにして彼は屈んだまま周囲を照らしてみた。

床には二十センチ四方ほどの鏡が斜めに立てかけてある。角度からすると、どこかからハッチ入り口の光景を監視するもののようだ。反射する方向を照らすと、そこには横穴があった。

ジャックは身を屈めて横穴へと歩を進めてみた。

そこは狭いトンネルだった。周囲はごつごつとした岩壁で覆われている。懐中電灯の光を走らせると、大きなライトが浮かび上がった。映画の撮影にでも使いそうな照明装置が岩壁に固定されている。久しぶりに見る〈機械〉だ。手をかざしてみるとわずかに熱っぽい。最後に点灯してからさほど時間が経《た》っていないらしい。

岩をくり抜いたトンネルは数メートルで終わり、その先に人工的な通路が現れた。まるでロンドンの地下鉄坑のようにチューブ状になった通路。どうやら湾曲した壁は金属でできているらしい。表面がわずかにさびた、おそらく鉄製と思われる巨大なダクトも見える。

壁には縦型の非常灯が数メートルおきに設置されているが、光が弱いため通路内は薄暗い。ジャックは通路に踏み出す前に腰に手を回して拳銃を抜き出した。懐中電灯で照らして装塡《そうてん》を再度確認する。

左手にライト、右手に銃を構え、彼は足音を忍ばせて通路に入った。

最初に視界に飛び込んできたのは、脱ぎ捨てられた靴だった。一組のトレッキングシューズが左右をきちんとそろえて通路の壁際に置いてある。不審に思ったものの、ジャックはそれを無視して前進を続けることにした。

通路の壁はすべてが金属製というわけではなく、ところどころコンクリートになっていた。懐中電灯の光に直径二十センチほどのパイプが浮かぶ。温度か圧力のゲージがついているそれは、壁の中から出てきて、また壁の向こう側へと続いている。

左側の壁面に電源ボックスのようなものがあった。引き上げ式のふたが途中まで半開きになっている。へたに触らないほうがいいだろう。

警戒しながらさらに先へと進むと、左側に壁画が現れた。人の顔や太陽、それからいくつもの数字。稚拙な抽象画、あるいは落書きといったほうがいいかもしれない。どこか病んだ精神を思わせる絵だ。すぐ下に古びたワゴンが置いてあり、チューブの容器に入った絵の具がところ狭しと並んでいる。

右側前方の壁を照らしてみると、金属壁が二メートルほど途切れ、鋼材とコンクリートが剝《む》き出しになっていた。壁際の床にはペール缶らしきものが数個並べられ、その上から乱暴にコンクリートを流したような状態だ。何かを封じ込めたような様相から、ふとチェルノブイリを連想してしまう。

そこに近づくにつれて低いうなりが聞こえてきた。強力な電源が発するような音。ジャックは耳を澄ませながら、コンクリートで固められた壁面に近寄ってみた。

とたんに感じた首の違和感。ハッとして見下ろすと、皮ひもで首にかけていたアタッシェケースのキーが宙に浮かんでいるではないか。壁に向かって飛び出さんばかりの勢いで金属製の小さなキーが震えている。

壁が磁力でも持っているのだろうか？　それとも……。

そのとき背後から機械音が聞こえた。

驚いたジャックが振り向き、さっと懐中電灯を向けるや光が反射した。近づいてみると天井近くに小さな鏡が設置されている。おそらくモーターで角度を変えているのだろう。

誰かに監視されている。

そう確信した瞬間、通路に大音響が轟《とどろ》いた。ママ・キャス・エリオットの歌声が狭い通路に反響しながら鼓膜を直撃してくる。

虚をつかれたジャックはあわてふためき、あらゆる方向にせわしなくライトと拳銃を向けた。そして縦穴を振り返ったとき、強烈な光が襲いかかってきた。

まぶしくて目を開けていられない。危険を感じた彼は通路を進み、左側にあったへこみに身を隠した。

彼が光から逃れた場所はただのへこみではなく、部屋の入り口だった。中に誰がいるのだろうか。警戒しろ、と理性が頭の片隅で告げている。だが恐怖よりも好奇心が勝った彼は、数歩歩いて室内に足を踏み入れてみた。

そこはドーム状の部屋だった。正三角形のパネルが幾何学的に組み合わされ、丸天井を形成している。

ドームの直径は十メートルほどだろうか。室内にはテクノロジーが満ちあふれていた。

赤、緑、白の表示ランプが明滅する、クローゼットよりも大きな制御盤。昔のSF映画に登場するような巨大なオープンリール記憶装置。波形の踊るオシロスコープ。それらが薄暗いスペースに鎮座している。

響き続けるママ・キャスに包まれながら、ジャックは部屋の中央に進んだ。そこにはデスクがひとつ。その上にあるのは……コンピュータだった。

世界から見放されたようなこの島に、なんとコンピュータがあるとは！

ジャックは自分が危険の真っ只中にいる可能性も忘れてしまい、ハイテク機器に近寄って、その特異な外見に見入った。

一九七〇年代に発売された古めかしいアップル・コンピュータだ。黒いブラウン管ディスプレイの画面はまだグラフィカルではなく、当然マウスもない。そっけないプロンプトの後ろに緑色のカーソルがまたたいている。

何か入力してみたい。〝科学の人間〟であるジャックはその誘惑に逆らえなかった。懐中電灯を持った手の人さし指をそろそろと〈実行〉キーの上に伸ばしていく。

そのとき、レコード針のスクラッチ音とともに音楽が止まり、ドームのもうひとつの入り口から鋭い声が聞こえた。

「やめておけ、ジャック！」

とっさに拳銃をそちらに向ける。そこにはロックが立っていた。

やはりロックはすでにハッチ内に入っていたのだ。では光や音楽は彼の仕業なのか？　ジャックは疑いのまなざしを彼に向け、拳銃の狙《ねら》いをつけたまま尋ねた。

「ケイトはどこだ？」

ロックは硬い表情のまま、答えようとしない。ジャックは怒りを爆発させた。

「おまえはいったい何を……」

だが、その言葉が終わる前に拳銃が姿を現した。ロックは戸口の陰から銃を突きつけられていたのだ。何者かが両手で構えた銃口はロックの首から数センチしか離れていない。

ジャックは凍りついた。

「動いたら、この男を殺す」

戸口の陰から囁くような声が聞こえた。

ジャックは拳銃を構えたまま身動きもできずにいた。相手の顔は見えず、何者なのかはわからない。しかし、ひとつだけはっきりしているのは、今のひと言が単なる脅しではないということだ。

「私は生きてるの？」

急に聞こえた声にジャックは椅子から飛び上がった。

彼は早朝からサラの病室に入り、モニターや点滴スタンドに囲まれたベッドに寝入っている彼女の姿を見るともなしに見ながら、さまざまなことに思いをめぐらせていた。物思いに沈むあまり、サラが目を覚ましたことに気がつかなかったらしい。

「そうさ」彼は質問に答えた。「君は生きてる」

努めて明るくそう言いながら椅子を運び、ベッドサイドに座る。

たちまちサラがチューブの挿入された鼻をうごめかした。

「あなた、臭《にお》うわ」

「……ご指摘ありがとう」

「本当に臭うわよ」

ジャックは苦笑した。「実は、その、走ってきたもんだから」

「よっぽど遠くまで走ったのね」

「走ったあとにシャワーは浴びたんだけど、十分じゃなかったらしい。早くここに戻って君の様子を見たかったから。スタジアムにいたんだ。〝ツール・ド・スタッド〟さ」

「何、それ？」

彼は〝ツール・ド・スタッド〟が何かを説明した。

サラは弱々しく眉をひそめて言った。

「何のためにそんなことをするの？」

しばらく考えてからジャックは答えた。「楽しいから、かな」

「すべての階段を制覇したの？」

「いいや。途中で足首を痛めてしまった」

「災難だったわね」

背骨を損傷して下半身不随になってしまったことに比べたら、災難などとは呼べない。ジャックは気まずい気分でうつむいた。

「ケビンはまだいる？　私の婚約者だけど」

「僕は見てない」

「そう。もう少ししたら、きっと戻って……」

「ああ、そうだね。きっとそうだよ」

自分を偽ってジャックは強く同意した。だが、サラもまた婚約者は戻ってこないことがわかっていると、彼は感じていた。

「それで……手術の結果を教えに来てくれたんでしょ？」

サラの面持ちは真剣だった。世間話はここまでだ。

彼女にどう伝えたらよいか、ジャックはまだ決めかねていた。だが、真実を曖昧《あいまい》にすることはできない。

長い沈黙の末に、彼は率直に、だが慎重に言葉を選びながら話し始めた。

「サラ、君の背中の損傷は広範囲にわたっていたんだ。僕はできるかぎりのことをしたつもりだけど、でも君の脊柱は……僕には治せなかった」

黙って見つめ返すサラの顔を見て、ジャックは涙がにじむのをこらえられなかった。

「君はこれからずっと、腰から下が麻痺《まひ》したままで生きていかなくてはならない。すまない。本当にすまない、サラ……」

約束を守れなかったことをジャックは心から詫《わ》びた。泣きながら謝罪した。

当事者であるサラはわずかに眉を曇らせた。顔に悲嘆や絶望は表れていない。そこにあるのは純粋な困惑だった。

「それって、私をからかってるんでしょ？」

「違う」彼ははっきりとかぶりを振ってみせた。

「じゃあ、どうしてつま先が動くの？」

一瞬、何を言われたのかわからなかった。混乱した気持ちでベッドの足元を見やる。盛り上がったシーツがもぞもぞと動いていた。

ジャックは信じられない思いで立ち上がり、シーツをめくった。現れたサラの素足。確かに足指が動いている。何ということだろう。

奇跡だ。昨夜、失意の中でデズモンドという名の男に思わずもらした言葉。奇跡……。それが今ここで起きたのだ。ジャックはわれ知らず大粒の涙をこぼしていた。

胸ポケットからペンを抜き出し、ノッカーの頭をサラの右脚ふくらはぎの外側にそっと当ててみる。

「これは感じる?」

「ええ」枕の上でサラがうなずく。

「じゃあ、これは?」左足のふくらはぎを刺激する。

笑いながら彼女は「ええ」とうなずいた。

「これは?」

「感じるわ」

ジャックは泣きながら笑いだした。サラは笑いながら泣きだした。

胸の奥底から深い喜びが湧き上がるのを彼は感じていた。今まで外科手術によって多くの患者を救ってきたが、これほどの歓喜に満たされたことはない。

これこそが希望のもたらす感情なのだ。

サラと泣き笑いの顔を無言で見交わしながら、ジャックは思っていた。自分が彼女を救ったのではない。彼女のほうが自分を救ってくれたのだ、と。

「銃を下に置け」

ロックに拳銃を突きつけている姿なき男が命じてきた。

だが、ジャックは構えたオートマチック拳銃を下ろそうとしない。

「ケイトはどこだ?」彼は質問した。

「ジャック、心配はいらない」答えたのはロックだった。

「銃を置けといったはずだぞ!」

その警告を無視し、ジャックは声を張り上げた。

「ケイトはどこだ!?」

「彼女は無事だ」ロックがなだめるように言う。「だからその銃を下に……」

「銃を下ろすつもりはない!」

ジャックがそう叫んだ瞬間、ロックの横からさっと男が出てきて発砲した。ジャックもロックも驚いて身をすくめる。銃弾はドーム天井にある換気口の金属格子に当たって火花を散らした。威嚇射撃だ。

「こいつを殺してもいいのか?」男は再び戸口の陰に隠れ、銃口をロックに向けた。「早く下に置け!」

それでも銃を下ろさず、ジャックはロックを責め立てた。

「これが君の言ってたことなのか、ロック？　これが〝宿命〟とやらか？　示された道に導びかれた先がここだというのか!?」

「落ち着くんだ、ジャック」

〝信じる人間〟であるロックがそう言うやいなや、正体不明の男が業を煮やしたように戸口の陰から飛び出てきた。ロックの背後に立ち、後頭部に銃口を押しつける。

「銃口を下げるつもりがないなら、本当にこいつの頭を吹き飛ばすぞ、ブ、ブ、ブラザー」

ブラザー……。ジャックの脳裏に記憶の断片がひらめいた。

この呼びかけかた。口調にくっきりと表れているスコットランドなまり。数年前のフットボール・スタジアムの一夜がにわかによみがえる。

そのとき、ロックの背後から男が顔を見せた。銃を彼の後頭部に突きつけたまま、ジャックにぎらついた視線を送ってくる。

その顔を見たとたん、ジャックは確信してつぶやいた。

「君は……」

次の人生が来る前に再会したデズモンドだった。

第27章

漂流

Adrift

マイケル・ドーソンは声を限りに叫んだ。

「ウォルト！　ウォルト！」

何度も何度も呼び続ける。正体不明の人間たちに拉致《らち》されてしまった息子の名を。

打ち上げた照明弾に引き寄せられるようにして現れた小型船を天の助けだと思ったのは、とんだ早合点だった。乗船していた三人の男とひとりの女はソーヤーを銃撃し、息子ウォルトをさらい、その上マイケルたちのいかだを爆破して去ったのだ。

「ウォルト！　ウォルトオオオ！」

投げ出された夜の海に浮かんだまま、マイケルは叫び続けた。だが小型船はすでに闇の中に呑《の》み込まれ、必死で助けを求めていたウォルトの声ももはや聞こえてはこない。

何よりも大切な存在を奪われてしまった。父親として、まったくなすすべもなく。魂を引き裂かれるような絶望と悔恨の中、声がかれるほど息子の名を呼ぶうちに、やがてマイケルの意識は遠のいていった。

ソーヤーは海中で意識を取り戻し、本能的に水を蹴《け》った。死に物狂いで水面に浮上するや胸いっぱいに夜気を吸い込み、あえぎながら周囲を見回す。

さっきまで乗っていたいかだが炎上している。それ以外には何も見えない。

撃たれた左肩がずきずきと痛むが、その手は奇跡的にも拳銃を放さずにしっかりと握り締めていた。

「ソーヤー！」

どこか遠くからジンの声が聞こえた。

「ジン！」

ソーヤーも叫び返したが、仲間である韓国人の姿は見えず、声の方向もつかめない。

闇に目が慣れてきたのか、七、八メートル前方にいかだの小さな残骸《ざんがい》が浮かんでいるのが見えた。どうやらデッキの一部らしい。ソーヤーはすぐさまそちらに泳ぎ始めた。

水をかくたびに左肩に激痛が走ったが、それでも必死に抜き手を切る。ほどなく竹が並んで結び合わされた浮遊物に手が届き、力を振り絞ってその上に這《は》い上がった。竹の固い感触を全身で感じるや、一瞬の安堵《あんど》とともに疲れた身体の鉛のような重さが意識される。

「ウォルト！　ウォルトオオオ！」

闇の向こうからマイケルの声が聞こえた。

「マイク！　マイク！」

ソーヤーは腹ばいになって右腕で水をかき、声の聞こえたほうへと浮遊物を移動させた。

前方の水面にマイケルの頭が見えた。ほんの三メートルほど先だ。だが、その距離がなかなか縮まらない。ようやくソーヤーが到着したときには、マイケルが力尽きて水中に没していくところだった。

「マイク！　しっかりしろ！」

あわてて海中で腕をかき回し、手の先に布が触れるなりそれをつかんで思い切り引っ張る。Tシャツの襟首を引っ張られる格好でマイケルの姿が水面に現れた。

「うおおおおお……」

大声を張り上げながらマイケルの身体を竹の上に何とか引き上げる。

大きめのダイニングテーブルほどの広さしかない小いかだは、二人が寝転がるとほとんどスペースがなくなり、重みのためにかなりの部分が水面ぎりぎりまで没した。それでも海中にいるよりはましだ。

はあはあと激しく息をつきながらソーヤーは仰向《あお》けに寝ていたが、ふとマイケルの息づかいが聞こえないことに気づいた。いぶかしんで頭をめぐらせてみると、全身ずぶ濡《ぬ》れの黒人の男の胸は少しも上下していない。彼はあわてて起き上がり、マイケルの頬《ほお》を叩いた。

「マイク！　マイク！」

まったく反応がない。嫌な予感の中で彼の首筋に手を当てる。脈動が感じられなかった。すぐにこぶしで胸を叩く。二度、三度……。

不意に叩く場所が違うのではないかと思い至り、ソーヤーはあばら骨の下端を探り当て、そこから心臓の位置を推測した。今度は両手のひらを重ね、体重をかけて押し込む。左肩が激しく痛んだが、構ってなどいられない。

「おい！　おれの目の前で死ぬな！」

何度か心臓マッサージをしてからマウス・トゥ・マウスを試みる。するといきなりマイケルが咳《せ》き込んだ。息を吹き返したのだ。

横を向いて口と鼻から海水を吐《は》き出す彼の姿を見て、ソーヤーは胸をなで下ろした。目を開けるなりマイケルは息子の名を口にした。

「ウォルトは？　ウォルトはどこだ？」

「わからん」

「息子はどこにいるんだ⁉」マイケルは叫びながら身を起こそうとした。「ウォルト！　ウォルト！」

ソーヤーは小いかだの端から落ちそうなマイケルの身体に背後から右手を巻きつけ、ぐっと引き寄せた。

それでも父親は姿の見えない息子の名を呼び続けた。

マイケルは小さな法律事務所の回転椅子《いす》に腰を下ろした。アルミ製の杖《つえ》を立てかける場所がないので、足の間にはさんでおく。

デスクの向こうでは弁護士が書類に目を通している。フィニーという名のその弁護士は、四十代後半だが、鼻に載せた老眼鏡のせいか外見的にはもっと老けて見える男だった。

マイケルは室内をそっと見回した。狭苦しい事務所の入っているこの高層ビルは一等地ではないが、窓からは世界貿易センターのツインタワーがよく見える。

「その脚はどうされました？」

急に訊《き》かれたマイケルは視線を窓からフィニーに戻した。

「車にぶつけられたんだ」

「それはそれは」

小太りで切れ者には見えないが、どこか温かみのあるフィニーが同情的に顔をしかめてみせた。再び書類に見入り、大量の文字に目を走らせながら訊く。

「ええと、あなたの別れた奥さんが送ってきたこの書類ですが……」

「妻じゃない」彼女とは同居していたが籍は入れていない。「彼女は……単にウォルトの母親だ」

「なるほど」

弁護士が書類に没頭している間、マイケルは彼女――スーザン・ロイド――を思い浮かべていた。いっしょに暮らしていた彼女は、ウォルトが一歳になったばかりのときに彼を連れて勝手にアムステルダムに行き、二年の間に仕事上の上司とくっつき、今度は二人でローマに赴任するという。それに関して何やら書類を送ってきたが、弁護士であるスーザンが書いた法的文書を読んだところで自分にわかるわけがない。そう思い、この事務所を訪れたのだった。

「心配はいりませんよ」フィニーが顔を上げた。「私がうまくやりますから、ディランさん」

「ドーソンだ」

「そうでした。失礼しました、ドーソンさん」

弁護士は気まずさを振り払うように仕事の話に入った。

「彼女の恋人というのは、〝ブライアン・ポーター〟ですか？」

「そうだけど、そこに何か書いてあるのか？」

「スーザンが望んでいるのは、あなたに父親としての権利を放棄してもらい、ウォルトをポーター氏の養子にするということです」

マイケルは仰天した。「息子を手放せっていうのか？」

「それ以外に養子縁組手続きをする方法はありませんからね」

「そうなったら、つまり、私は息子に会えなくなるのか？」

「ひと言で言えば答えはノーです。ですが、この書類にサインした場合、あなたにとって息子さんは、通りで見かける赤の他人の子供たちと法的にはまったく同じ存在になります。父親としての権利をすべて放棄するのですから」

マイケルは予想もしなかった彼女の強硬手段にすっかりうろたえていた。

「彼女にやめさせるにはどうしたらいい？」

「ローマに行ってしまうと親権が論点になるでしょう。その前に差し止め請求をすれば、彼女は市内から出られなくなりますが……」

「それだ！」マイケルは勢い込んだ。「その方法で行こう！」

「わかりました」

そう言ってうなずいたフィニーは両手で顔をこすり、デスクに身を乗り出した。

「ドーソンさん。そうなるとひとつ確認しておかなければなりません。私が担当するのがベストだと思いますが、このまま争うとなれば時間だけでなく費用もかかります。私のランクでもかなりの額になるでしょう。われわれはいわば巨人ゴリアテに挑むダビデなのです。最後にお尋ねしたい。それでもあなたは本気でやるおつもりですか？」

マイケルは率直な弁護士をじっと見つめて答えた。

「私の子を奪われてたまるものか」

「ウォルトオオ！　ウォルトオオオオ！」

小さないかだの上に膝《ひざ》をついたままマイケルは夜の海に叫び続けた。声はかすれ、ときおり咳き込んでしまうが、やめるわけにはいかない。

「マイク」見かねたようにソーヤーが口を出した。「もう叫ぶのはやめろよ。今は体力を貯えておいたほうが……」

マイケルはさっと振り向いて怒鳴り散らした。

「息子を連れ去られたんだぞ！」

「ああ、おれだって見てたぜ！」ソーヤーも声を荒げる。「ボートで連れ去られたんだ！　あの子はもう、いくら叫んでも聞こえないところに行っちまってる！」

「わかりもしないくせに！」

「それくらいはわかるさ。それに近くにいたところで、今のあんたに何ができる？」

彼の言い分など認めたくない。マイケルはいかだの上で詰め寄った。

「それでも声が届いたら、私が生きてるってわかるだろ⁉　父親が助けに行くってことが、あいつらから奪い返そうとしてるってことが、ウォルトにわかるじゃないか！　今できるのは、あの子に声を聞かせることだけなんだ！　あんたはそれでも意味がないって言うのか？」

「わかったよ……」ソーヤーがそっと目をそらす。

真っ暗な海を再び見やったマイケルは、今にも泣きだしそうなのをこらえ、見えない息子に大声で呼びかけ始めた。

何度も、何度も。返事がなくともけっしてあきらめることなく。

ちょうどそのころ、ロックは愕然《がくぜん》としてハッチの入り口を見下ろしていた。縦坑《シャフト》内をハーネスで降下していたケイトが何者かに引きずり込まれてしまったのだ。穴の底から放たれていた光も消え失せ、同時に彼女の悲鳴も聞こえなくなった。ロープをたぐってみたが、そこにはもはや何の手応えもない。穴を覗《のぞ》き込んで彼女の名を呼んでも返事はなかった。

早く助けに行かなければ。あせりを感じながらロックは行動を開始した。ハッチから数メートル離れた太い木の幹にロープを固く結び直し、引っ張って強度を確認してから、それを握ってハッチ入り口に立つ。レンジャー隊員よろしくロープを身体に巻きつけるようにして穴への降下を始めた。

突き出した両足でざらついた内壁面を歩くようにして慎重にシャフトを降りていく。ひどくすりむけた手のひらの痛みをなるべく意識の外に追い出すようにしてじりじりと進んだロックは、ほどなく穴の底に降り立った。

足元の浅い水たまりに何かがあった。点灯したままの懐中電灯と四角形の鏡だ。だが、それには目もくれずに横穴に向かって声を殺して呼びかける。

「ケイト……」

しかし、返事どころか物音もしない。

岩をくり抜いたような湿っぽいトンネルの暗闇を手探りで歩き、ぼんやりと見える光を目指す。行き着いた先には通路があった。滑らかな床、金属製の湾曲した壁面。思った以上に洗練された地下施設の存在にロックは驚くと同時に感銘を受けていた。

ともあれこうしてハッチの中に入った。

ブーンの悲劇も、〈ブラック・ロック号〉への遠征も、アルットの爆死も、すべてはここへたどり着くためにあったのだ。

通路に最初の一歩を踏み出したとたん、靴が音を発した。足を着地させると濡れて水を含んだトレッキングシューズがきゅっと音を立てる。彼は静かに壁際に歩み寄り、迷うことなく靴を脱ぎ捨てた。

白いソックス姿になった彼は薄暗い通路をひたひたと歩き始めた。

まず目についたのは右側の壁を埋めている制御盤らしきものだ。ランプつきのスイッチが並んでいる。点滅状態が規則的に変わっているところをみると、施設全体がまだ機能しているらしい。

左側の壁に目を転じると配電盤のような硬質プラスティック製のボックスがあった。その表面には奇妙なマークがついている。

正八角形をしたそれは、各片の内側に〈八卦《はっけ》〉のような模様がついていて、中心に描かれた円内に抽象化された白鳥の絵がある。そして白鳥にかぶさった〈DHARMA〉の文字。見たこともないマークだし、文字の意味もわからない。

ロックは探索を続けることにした。

通路の左側に落書きのような壁画があり、そこを左に折れると広くて薄暗い空間に出た。おそらく居住区画だろう。一九七〇年代後半の流行を思わせるデザインの家具類、ステレオセット、キッチン台や折りたたみ式のピンポン台まである。機能的で実用的だが、ノスタルジーをテーマにした展示館であるかのような印象をロックは受けていた。

窓辺にはテーブル・セットがあり、閉められたベネチアン・ブラインドからかすかに光が射し込んでいる。もう朝になったのだろうかと怪しみながらロックは近づき、ブラインドを開けてみた。

大きな一枚ガラスの向こうは目を細めねばならないほど明るかったが、その明るさは太陽ではなくコンクリート壁に固定された大型ライトによるものだった。そう、ここは地下なのだ。太陽光が届くはずもない。

そのとき、小さな物音がした。振り向いた彼はすぐに音の方向を特定し、ためらうことなくそちらへ進んだ。

居住区画から続いている隣の部屋――ドーム型の空間――の入り口付近の床に脚が見えた。うめき声とともに足が動いている。

「ケイトか？」

ロックは彼女のそばにしゃがみ込んだ。ケイトは額を押さえながら目をしばたたいている。めまいがするのかもしれない。後頭部には打撲のような痕《あと》があった。

「ジョン……？」

起き上がろうとするケイトをロックは制した。「無理するな」

その瞬間、彼女が目が見開いて小さく叫んだ。「後ろ！」

とっさに背後を向くと、そこにはカラシニコフ自動小銃の銃口があった。三十代半ばぐらいの長髪の男が目をぎらつかせ、銃を構えて立っている。

ロックは固まったまま男を見上げた。

つなぎ服――胸には配電盤と同じ正八角形のマークがある――を着込んだ男はロックを見て、無精ヒゲの伸びた顔に戸惑いを浮かべている。

「あんたは……〝彼〟なのか？」

ロックはそのスコットランド英語で発せられた質問の意味を計りかねた。

「あんたなのか？」問いが重ねられる。

瞬時に考えをめぐらし、ロックは落ち着き払って立ち上がった。

「そうだ。私だ」

たちまち男が白い歯を見せる。その答えを何年も待ち続けていたようなそぶりだ。

「信じられないよ」銃口が下がった。「とうとうあんたが来てくれたのか」

「ああ。このとおり私は来た」

はったりが功を奏したことに気をよくしながらロックは笑顔を返した。

男が床に倒れているケイトにあごをしゃくる。

「その女は誰なんだ？」

ロックはケイトに手を貸して起こし、男を安心させるように言った。

「彼女は私の仲間だ」

とたんに男が眉間《みけん》にしわを寄せる。何かまずいことを言ったかとロックが内心であせりを感じていると、男は抑揚のない声で言った。

「雪だるまが別の雪だるまに言った言葉は何だ？」

合言葉。もしくは意味のあるなぞなぞ。そのどちらにせよ、正しい答えなど知りようがない。

ロックは賭《か》けに出た。

「何を言っているのかわからないな」

だが、対応を間違えようだ。男は怒気を含んだ顔で自動小銃を構え直した。

「おまえは〝彼〟じゃないな」

ロックはごくりとつばを飲み込み、両手を挙げた。

「ジン！　おーい、ジン！」

いかだの破片の上で立ち上がり、ソーヤーが叫び声を上げる。

すでにウォルトに呼びかけるのをあきらめたマイケルは膝を抱えて座り、黙って暗い海面を見つめていた。

「ジン！　ジン！」

「今は体力を貯えておくべきじゃなかったのか？」

マイケルが虚ろな気分でそう言うと、海に目を凝らしていたソーヤーはきっと振り向いた。

「お言葉だけどな、ジンはまだ冷たい海に投げ出されたままなんだぜ。もしあんたさえ文句がなけりゃ、もう少し叫ばせてもらう」彼は左肩の傷を押さえながら顔を上げた。「ジン！」

「罪の意識か？」

「何だと？」ソーヤーがまた振り向く。

「あんたが照明弾を打ち上げさせたんだからな」

「そうだが、それが……？」

当惑顔になったソーヤーは次の瞬間、意味に思い至って声を荒げた。

「ちょっと待て！　こうなったのがおれのせいだって言いたいのか!?」

「連中がいかだを見つけなければ、ウォルトも連れ去られなかった。あんたが無理やり照明弾を撃たせたからだ」

「ふん、少なくともウォルトはボートに乗ってるぜ。あったかい毛布にくるまって、今ごろココアでも飲んでるさ。それに比べておれたちはこんないかだの切れっ端に……」

マイケルは立ち上がって彼をにらみつけた。

「いかだから降りろ！」

「何だと？　おまえ、正気か？」

「これを造ったのは私だ！」

「溺《おぼ》れかけてたおまえを乗せてやったのはおれだぞ！」

「いいから、今すぐに……」

言い争いを始めた二人の足元をいきなり衝撃が襲った。竹が鈍い音を立てる。海中から何かがいかだを突いてきたのだ。

「何だ、今のは？」

言いながらソーヤーが拳銃を抜き、海中に向けて構えた。

マイケルも短く折れている竹をつかみ上げ、足元に目を凝らす。

何も起こらない十秒間がじりじりとすぎたあと、突然いかだの中央部が下から激しく突き上げられ、二人ともすんでのところで転倒をこらえた。

思わず引きつった顔を見合わせる。巨大な海洋生物。もしかすると……。

不安の中で次の攻撃を待ち受ける。だが、三十秒経《た》っても一分経っても次の衝撃は来ない。

「どうやら行っちまったみたいだな」ソーヤーがつぶやく。

そのひと言で緊張感をゆるめたマイケルは、ソーヤーの持っている拳銃を見ながら皮肉たっぷりに言った。

「大事なお友だちをまだ手放さずにいるんだな。使い物にならないのに」

「使えるさ」

「海に落ちて濡れただろ?」

「あんた、銃の知識はあるのか?」

ソーヤーの呆《あき》れるような口調にマイケルは口をつぐんだ。

「銃っていうのはな、弾丸が濡れてなきゃ火薬も濡れてないんだ」ソーヤーは片膝をつくと拳銃からマガジンを抜き出し、弾薬をひとつずつ取り出して確かめ始めた。「火薬が乾いてさえいれば、ちゃんと……」

だしぬけにいかだがドンと揺れた。衝撃でソーヤーはバランスを崩し、手のひらに出した数個の弾薬をすべて取り落としてしまった。竹の上にばら撒《ま》かれた弾丸は次々に海中に落ちていく。あわてて拾おうと水の中に手を突っ込んだがあとの祭りだ。

そのとき、彼らの三メートルほど先の海面でしぶきが上がった。巨大な尾びれのようなものがしなり、すぐに海面下に姿を消した。

「あれはいったい……」

マイケルがつぶやくとソーヤーは吐き捨てるように指摘した。

「サメだ。……ただのサメだぜ」

「ただのサメ?」

「この状況をしのいだら、次はきっと悪魔が現れるんだ」

ソーヤーはそう言って弾薬の残り少ないマガジンを拳銃に装填《そうてん》した。

「そう言えば気が楽になるのか?」

訊きながらマイケルは彼の左肩を見やった。月の光に鮮血が赤く光っている。

「サメが寄ってきた理由がわかったよ。あんたの肩だ」

「ああ、そうかい。じゃあ血を止めてみせるぜ。精神を集中すれば何とかなるんだ」

「せいぜい集中すればいいさ」

ソーヤーが怒りの形相を向けた。

「おい、おまえは忘れたのか? おれが撃たれた理由を?」

「どういうことだ?」

「少しはおれに感謝したらどうなんだ、え? 〝ありがとう〟ってな」

「何への感謝だ? 自分勝手な真似ばかりしてくれてありがとう、か?」

一触即発の中、ふと海面に目をやったソーヤーが、冷ややかな笑みを口元に浮かべた。

「さっき、おまえはいかだから降りろと言ったな。よし、降りてやるぜ」

マイケルが怪訝《けげん》に思って見ていると、ソーヤーは腹ばいになって右手で水をかき始めた。いかだが少しずつ移動していく。その先に目を移すと別の残骸が海原に浮かんでいた。

あと一メートルにまで近づいたところでソーヤーはゆっくりと海中に滑り降り、何度か水をかいて新しいいかだに取りついた。肩の傷が痛むのか、うめき声を上げながら這い上がる。ソーヤーのいかだはマイケルのそれの半分ほどの大きさしかない。だが、男ひとりが寝転がるには十分だった。

身を横たえたソーヤーが射るような視線を向け、歯を食いしばりながらつぶやいた。

「おれはあのとき、子供を守ろうとしたんだぜ」

マイケルは何も答えなかった。だが、彼の言葉は胸の奥深くまで突き刺さっていた。

会合はフィニーの事務所内にある会議室で行われた。

狭苦しいオフィスとは対照的に重厚な内装の会議室は、法律書の並ぶ立派な書棚が壁の二面を占め、中央には光沢のある広い木製テーブルがしつらえてある。

「それではウォルトに関して話をしましょう。よろしいですか、ドーソンさん」

スーザンの雇ったキャロウェイという女性弁護士が口火を切った。

「ええ……結構です」

そう答えたマイケルは落ち着かない気分で座り直した。テーブルの向こうにはスーザンとキャロウェイ、さらに二人の弁護士が顔をそろえ、威圧感を与えてくる。それに引き換えこちらは自分とフィニーのみ。おまけに着慣れないスーツ姿だとひどく居心地が悪い。

「あなたが息子さんに最後に会われたのはいつですか？」

キャロウェイの質問にマイケルはうろ覚えで答えた。

「それは……確か一年ぐらい前です」

「十四ヵ月前です。正確には」すかさず彼女が訂正した。

フィニーが口をはさむ。「今のは質問か、リジー？」

生まれてこのかた一度も笑ったことのないような顔のキャロウェイはそれを無視して続けた。

「なぜですか、ドーソンさん？　なぜこれほど長く会わなかったのですか？」

「それは……スーザンがあの子をアムステルダムに連れていったからだ。仕事で」

「あなたはそのことを受け入れましたね？」キャロウェイがたたみかける。

「何ですって？」

「それなのに今回、ローマ行きには差し止め請求をするとおっしゃる。私には少々矛盾しているように思えるのですが？」

「矛盾だって!?　それは違う！」

フィニーがすばやく制した。「マイケル、答えなくていい。誘導しようとしてるんだ」

だが、マイケルは感情を高ぶらせて答えていた。

「スーザンが勝手に連れていってしまったんだ！　私は行かせたくなかった！」

彼は表情をこわばらせているスーザンに向いた。

「どうすることもできないって、君に言われたから……」

「いずれにせよ、あなたは何もしなかったんですよね？」

すかさずフィニーが対抗する。「彼はその質問には答えない」

「つまりこちらへの答えを持ち合わせていないと受け取りましょう」キャロウェイはそう切り返してから質問を変えた。「最近、事故に遭《あ》われましたね」

「……ええ」マイケルはため息まじりに答えた。

「あなたはいくつか手術を受け、個室に数週間入院し、さらに数種類のリハビリテーションを受けました。その費用を全額負担したのは誰ですか、ドーソンさん？」

その質問の含みを理解したマイケルはたちまち頭に血が上り、黙っているスーザンのほうに身を乗り出した。

「私からそんなことを頼んだ覚えはないぞ！」

だがスーザンは沈黙を貫き、キャロウェイが部屋の隅に座っている速記者に向いた。

「ロイドさんが支払った事実をドーソンさんが認めたと記録してください」

「なあ、スーザン。ちゃんと証言してくれよ。私は頼んでないって」

「私の依頼人に直接話しかけないでください」

　キャロウェイにくぎを刺されても無視しようとしたマイケルだったが、隣からフィニーに冷静になるよう耳打ちされ、仕方なく口を閉じた。だが、とてもではないが平常心ではいられない。彼はかつて愛し合った女性をじっと見つめた。ところがスーザンは目をそらして困惑した表情を見せるだけだ。

「ウォルトが生まれて初めて喋《しゃべ》った言葉をご存知ですか、ドーソンさん？」

　マイケルはわれに返って女性弁護士に視線を向けた。「え？　何です？」

「彼が初めて喋った言葉です。ご存知ですか？」

「……いや、知らない。そばにいられなかったから」

「では、彼の好きな食べ物は？」

「知らない……」そう答えるしかない自分が情けなくなった。

「好きなおもちゃは？　絵本は？」

　フィニーが毅然《きぜん》とした口調で言う。「リジー、今のは不必要な質問だ」

　眉《まゆ》を上げたキャロウェイは大げさに肩をすくめてみせた。

「そんなに強く親権を主張しているお子さんのことを、あなたはあまりご存知ないようですね、ドーソンさん」

「私は……あの子の父親だ」マイケルは弱々しくつぶやいた。

「すみません。もう少し大きな声で言っていただけますか？　速記者に聞こえませんので」

あらゆる精神的攻撃で追い討ちをかけるキャロウェイにマイケルは素直に従った。

「私はあの子の父親なんだ」

もはや怒りは感じない。みじめな思いでいっぱいだった。最後のひと言に自分でもまったく自信が持てなかったからだ。


冴え冴えとした満月が水平線上に浮かんでいるものの、大海原は闇が支配し、巨大な黒い生物のようにゆっくりとうねっていた。しんと静まり返り、音といえば浮遊するいかだにぶつかる波しぶきしか聞こえない。

マイケルはいかだの上で膝を抱え、月明かりだけを頼りに遠く目を凝らし続けた。せめてウォルトの気配だけでも感じられないかと思ったが、その試みは空しさをつのらせるだけだった。

不意に布を裂くような音が聞こえた。見ると、数メートル横を彼と同じように流されているいかだの上で、ソーヤーがシャツの肩口を引き破っている。銃撃された肩の傷に彼が指を当てるのを目にするなり、マイケルはその意図を察して驚いた。

「気でも狂ったか？　素手で銃弾をほじくり出そうっていうのか？」

「ほかに名案でもあるのか？」

不機嫌そうなソーヤーの問いにマイケルは答えられなかった。

「ないなら黙ってろ」

彼が再び傷口に指を這わせるのを見て、マイケルはたまらずに声を上げた。

「自分ひとりでそんなことができるわけない！」

「おれたちは別行動を取ることにしたはずだぜ、マイク」

「仕方ないだろ。同じ潮流に乗ってるんだから」

「まだ何か話があるのか？」

今度こそマイケルは口をつぐまざるをえなかった。

「いくぜ……」

そうつぶやくとソーヤーは覚悟を固めるように大きく息を吸い、右手の指を左肩の傷口の中に差し入れた。

「うぐぐぐ……」

食いしばった歯の間からうめき声をもらしながら、指を血まみれにして銃創をまさぐっている。とても正視できるような光景でないにもかかわらず、マイケルは視線をそらすことができなかった。

「ぐわあああああ！」

苦痛の悲鳴を上げたソーヤーはそれでも手を止めず、やがて絶叫しつつ、血に染まった指を引き出した。

マイケルからはその指のつまんでいるものは見えなかったが、ソーヤーは摘出した小さな物体にしばし憎悪の視線を向け、怒りに任せて力いっぱい海に投げ込んだ。

マイケルは啞然《あぜん》としていた。黙っていると、ソーヤーのほうから声をかけてきた。

「よう、バンドエイドはあるか？」

そうして返事も待たずに、すぐに疲労困憊《こんぱい》した様子でいかだの上に横たわった。

何という男だ。マイケルは硬い表情で目をそらした。


ケイトは事態の行方に固唾《かたず》を呑んでいた。

自動小銃の男はかなり頭に来ているように見える。それはそうだろう。ロックが〝彼〟とやらに成りすまそうとしたのだから。男の発散するぴりぴりとした空気で、室内は異常なまでの緊張感に包まれている。ロックはいつ殺されてもおかしくはない。

「ナイフを捨てるんだ」

男の命令を素直に聞き入れ、ロックは腰の鞘《さや》から大柄シースナイフをゆっくりと引き抜いて放り捨てた。ナイフが床で跳ね、ドーム内に金属音が反響する。

再び両手を挙げたロックは穏やかな口調で言った。

「われわれは君に危害を加えるために来たのではない」

「そうか？　それなら何のためにここに来た？」

今度はロックに作り話などをする機会を与えないよう、即座にケイトは真実を告げた。

「私たちが乗っていた飛行機が墜落したのよ」

「墜落？　それはいつのことだ？」

「四十四日前だ」ロックが答える。

「四十四日前……？」

男はまるで記憶の糸をたぐるかのように視線を泳がせた。墜落の話を信じるに足る何かに彼が思い至ったのかどうか、表情からはうかがい知れない。だが、不意に彼は横に移動し、ケイトたちの背後に回り込んだ。銃口を突きつけて命じる。

「歩け」

ケイトはロックと一瞥《いちべつ》を交わしてからゆっくりと足を踏み出し、銃口に追い立てられるように居住区画に向かった。歩きながらロックが戸口の壁に目をやった。つられて彼女も視線をやると、そのコンクリート面にはくぎで引っかいたような落書きがあった。四本並んだ短い縦棒を長い横棒で消す、閉じ込められた人間が日数を数えるために書くあれだ。

その数は優に千を越えているようだった。いったいどれほどの長い月日になるのかと思い、ケイトは恐怖を覚えた。

同じ疑問を感じたのだろう。ロックが男に問いかけた。

「君はいつからここにいるんだ？」

「黙れ！」男は質問を一蹴《いっしゅう》した。

ケイトたちが居住区画の中央まで進んだところで、男は奥まった場所にあるキャビネットに大股で近づき、引き出しからコードを取り出した。それを無造作に放り投げる。飛んできたコードをケイトはとっさにキャッチした。黒い被覆の太い電源コードだ。

「彼を縛れ」

男が命じる。ケイトがためらっていると彼は銃を強く突き出した。

「やれ！」

仕方なく彼女はコードを持ってロックに近づいたが、そのとたん彼に腕を強く押さえつけられた。

「待て！　待ってくれ！」ロックが男に向き直る。「縛る相手を間違ってる！」

「どういうことだ、ブラザー？」男が眉をひそめる。

「私を縛っても意味がない。私は危険ではないからだ。だが、彼女は違う。逃亡犯なんだ」

ケイトは呆気《あっけ》なく裏切られたことにショックを受けた。

「そうか？」男はにやっと笑って銃口を彼女に向けた。「何をしでかしたんだ？」

だが、その問いはケイトの耳には入らなかった。信じられない思いでロックを見つめる。怒りが沸《わ》き上がり、殴りつけてやりたい気分だった。

「本当らしいな」男は銃口をロックに振り向けた。「では、おまえは何者だ？」

「ボール紙の製造会社で地区集金主任をしている。主に箱《ボックス》を作っている会社だ」

数秒間その情報を吟味した男は小銃をケイトに向け直した。

「よし、いいだろう。彼女を縛れ、ボックスマン」

ロックが何のためらいもなくコードを奪い、縛ろうとする。

「触らないで！」

ケイトは抵抗しようとしたが、「おとなしくしろ」と銃を突きつけられてはなすすべもない。ロックに両手首をつかまれ、くるりと反転させられた。後ろ手に縛り上げられながら、男に聞こえぬように背後の裏切り者に囁《ささや》く。

「いったいどういうつもり？」

「これが最良の方法だ」

きつく縛り終えた彼は、目にも止まらぬ速さで彼女のジーンズの中に何かを滑り込ませてきた。折りたたみナイフだ。下腹に当たる感触でケイトはそう直感した。すぐさま乱暴に振り向かされる。

男はロックの早業には気づかなかった様子で部屋を横切り、壁の引き戸を開けた。

「彼女をこの中に入れろ」

ロックに背中を強く押されながらケイトは叫んだ。「やめて！　ジョン！」

抵抗も空しく暗い空間の中に突き飛ばされ、つんのめりそうになる。

「ドアを閉めろ」男が短く言う。

「待って！」

だが、引き戸は無情にも閉ざされ、こわばったロックの顔が消えた。

あとには暗闇だけが残された。


どれぐらい時間が経ったのだろう。

暗い海と数メートル横に漂うソーヤーのいかだ。見える風景は少しも代わり映えしない。もちろん状況もまったく変わっていなかった。

銃弾の摘出手術をしてから身じろぎもせずに横たわっていたソーヤーが、うめきながら大儀そうに起き上がった。ぽつりとつぶやく。

「……照明弾のせいじゃない」

マイケルは竹の上であぐらをかいたまま沈黙していた。口論をぶり返すつもりはない。

「照明弾のせいじゃないって言ってんだぜ」ソーヤーは構わずに続けた。「こんなことをしやがったあいつら……おれは最初、漁師か海賊か何かだと思った。だが、やつらのボートのことを考えてみたんだ。ボートには詳しいか、マイク？」

「私はいかだを造った」マイケルは吐き捨てた。「あんたはどうなんだ？」

「おれはコロンブスじゃないが、これだけはわかるぜ。あのボートはどう見ても外洋向きじゃない。あんな船じゃ、小さなスコールでも横波をかぶって浸水するから、航続距離もせいぜい百五十キロだろう。たぶんどこか近くの港から来たんだ。たとえば、あの島から……」

マイケルは彼の考えに興味を引かれた。ソーヤーが話を続ける。

「あのフランス女が言ってたよな？　〝アザーズ〟がやってきて子供を奪っていったって。今回もそうだったんじゃないか、マイク？」

「何だって？」

胸の中でみるみるふくれ上がる想像をマイケルは何とか否定しようとしたが、ソーヤーがそれをはっきりと口にした。

「初めからやつらの狙《ねら》いは、ウォルトだったんだ」憎々しげに左肩を指さす。「そのせいでおれは鉛の弾をここに食らったってことさ。あの青ヒゲ野郎がおれたちを吹っ飛ばしたのは、あんたの息子を手に入れたかったからだ」

「それじゃ、私の落ち度だって言うのか？」

「そういうことになるな」

マイケルは思わず自己弁護するように叫んでいた。

「息子が連れていかれたのはあんたのせいだぞ！　やつらはもう少しでどこかへ行くところだったんだ！　それなのに照明弾を……」

「連中がおれたちを見つけたのは、血まなこになって捜してたからだ！　ウォルトをな！」

やり場のない怒りにかられ、マイケルは手にした竹の棒を振り回した。

「息子の名前を口にするな！　二度とだ！」

「だったら、どうする？　その棒切れでおれに水でも引っかけようってのか？」

マイケルは間髪をいれずに竹で海面を叩き、ソーヤーに向かって水しぶきを飛ばした。

ソーヤーはしぶきをよけようとして急激に動いたが、その瞬間、かろうじていかだをつなぎとめていた導線コードが弾け飛んだ。見る間に竹がばらばらになり、ソーヤーの身体は海中に沈み始めた。

「くそっ、嘘《うそ》だろ……」

何本かの竹にすがろうし、海面でもがいたソーヤーだったが、すぐにあきらめてマイケルのほうに向かって泳ぎ始めた。そして右腕だけを使って何とかいかだによじ登ろうとする。

マイケルはそっぽを向いた。手を貸すつもりなどない。はらわたが煮えくり返っていた。

ぜいぜいと荒い息をつきながらソーヤーがいかだの上に倒れ込む。マイケルは背中を向けて沈黙していた。

やがてソーヤーはためらいがちに口を開いた。

「なあ、あんたの気持ちはわかるが……」

「黙れ！」マイケルは振り向きもせずに言った。「あんたにはわからないだろう。誰かを心配する気持ちなんか……」

ソーヤーはそれ以上何も言わなかった。

どこまでも続く海原の闇と同じくらい、マイケルの気持ちは暗くなっていた。

指定日にフィニーの事務所を再び訪れ、会議室に入ってみると、窓辺にスーザンがたったひとりで立っていた。

「ハイ……」

こわばった笑顔を浮かべる彼女をマイケルはいぶかしみ、がらんとした室内を見回した。

「弁護士たちはどうした？」

「二人きりで話したいって言ったの。もしあなたがフィニーさんを同席させたいのなら……」

「いや、これでいいよ」

大きなテーブルを隔てているスーザンは一瞬目を伏せてから切り出した。

「たぶん、あなたが勝つと思う」

マイケルは意表を突かれた。杖を使いながら不自由な右脚を引きずって彼女に近づく。

「それはどういう……？」

「法廷ではそうなるわ。私がウォルトを連れて国外に出るのは無理だと思う」

スーザンは法律のプロだ。おそらく彼女の言うことに間違いはないのだろう。だがマイケルはそれをどう受け取っていいかわからず、話の続きを待った。

「私……どうしても理由が知りたいの」

「理由って、何の？」

「どうしてこんなことをしたの？」

「だって、私の息子だぞ」マイケルはシンプルに答えた。

「いつから？　マイケル」スーザンは静かに抗議した。「ねえ、あなたが私のことにもう関心がないのは知ってるけど、ローマへ行けば私は法律事務所の所長になれるの。そうなったら、ウォルトに必要なものは何でも与えてあげられるわ。旅行にも連れていけるし、いい学校にだって……」

肩をすくめてマイケルは口をはさんだ。

「君のキャリアになんて興味ないよ」

「じゃあ訊くわ、マイケル。あなたはどう？　まだ身体が不自由でしょ？　働くことだってままならない。今のアパートも追い出されそうなんでしょ？」

「私のことを調べさせたのか？」

「もちろんよ。あなたの弁護士だって私のことを調べてるわ」

マイケルが黙り込み、緊張した空気がふっと和らいだとき、スーザンが悲しげな声で指摘した。

「この争いに勝者なんかいないわ」

「だったら、君のほうから手を引いてくれ」

彼女はつらそうに表情をゆがめた。

「マイケル……。あなたが第一にしなければならないのは、自分自身の面倒を見ることよ。早く健康を取り戻して、生活の経済的基盤をしっかりと固めるの。でなきゃ、アートの道に進めやしないわ」

くやしいが彼女の言っていることは正論だ。マイケルは目を伏せた。

「あなたにはアーティストとしての才能があるのよ、マイケル。でも、今の状況でこれからどうやっていくつもり？　それはそのままウォルトの人生でもあるのよ」

「やるときはやるさ」反論したものの、自分でも説得力を感じられない。「私にはウォルトに対する責任があるんだ」

スーザンはまっすぐに視線を向け、柔らかくも毅然とした口調で訴えた。

「だったら責任を果たすために、あの子を手放してちょうだい。これはあなたの問題でも、私の問題でもない。ほかならぬあの子の問題なのよ」

マイケルは返す言葉もなく、目をそらさずにただ彼女を見つめた。

テーブルにファイルが置いてある。スーザンはそれをそっと取り上げ、ぎっしりと文字の書かれた書類を開いて差し出した。

「このことを法廷になんか持ち込みたくないの。ねえ、マイケル。お願いだから、あの子を自由にしてあげて」

そう言うとスーザンは書類をテーブルに戻し、静かに会議室を出ていった。

マイケルは揺れる感情を抱えながらテーブルを見下ろした。開かれた書類にある空白の署名欄がいやでも目に飛び込んでくる。

父親として息子にしてやれる最良のこととは何か……。

マイケルはそのことに思いをめぐらせたが、答えはもう出ているも同然だった。


ケイトは真っ暗な空間で床に座り込んだ。背後に危険がないことを確かめながらゆっくりと背中を床につけ、両脚を胸に抱え込む。

容赦なく縛りつけたロックを恨みながら、両腕を力いっぱい伸ばしてジーンズの尻《しり》の部分に沿ってじりじりと下へ移動させていく。手首にコードが食い込み、こらえきれずにうめき声を上げた。だが、それでも動きは止めない。

こんなにお尻が大きかったなんて。自分に腹を立てつつも、数分間の格闘の末に拘束された両手の中で尻をくぐらせるのに成功した。

すぐさま上体を起こし、身体をくねらせ、膝関節を思い切り曲げて片足ずつ抜き出す。ようやく手が身体の前面に回った。

しばらく床に寝転び、はあはあと荒い息を整える。汗ばんだ全身に力がみなぎってきたところで、ジーンズの前に指先を入れてロックが忍ばせてくれた道具を取り出してみた。予想したとおり小型の折りたたみナイフだった。

固い床に座り直したケイトは、開いたナイフを膝ではさみ込み、手首の間のコードを鋭い刃に強くこすりつけた。何度も何度も摩擦させるとやがてコードの中心に入っている細い銅線の束が断ち切られ、いましめは解けた。

すばやく立ち上がり、手首に絡まったコードをほどくのももどかしく、閉ざされた扉に近寄った。引き戸の下にある隙間《すきま》からかすかな光が入ってくるが、光源としては不十分で何も見えない。そっと手探りしてみると、扉は金属製だった。周囲のコンクリート壁に手を這わせるうちにスイッチに触ったので、オンにしてみる。

白熱灯が点灯し、扉の様子を照らし出した。取っ手はない。ためしに両手のひらを当てて横に動くかどうか調べたが、びくともしなかった。

くそっ。心の中で悪態をつき、ケイトはくるっと背中を向けて扉にもたれた。

とたんに目に映った室内の光景に彼女は息を呑んだ。

そこは食品貯蔵室だった。まるでスーパーマーケットから売り場の一角を移動させてきたように、大きな広口ビンや大容量の缶詰、袋や箱がスチール棚にところ狭しと並んでいる。各品物に貼《は》られたラベルを見ると、肉、魚、果実、野菜、菓子、加工食品、飲料、調味料などなど、ありとあらゆる食料品が蓄えられていた。

ケイトは奥行きのある部屋の中央に立ち、半ば呆れるような思いで見回した。島に来てから満たされたことのない食欲を十分に満足させることのできる食料がここにある。だが、今の彼女にはさほど魅力的ではない。ここから脱出するのが最優先事項なのだ。

天井を見上げると換気口があった。格子のついた四角いプラスティックがはめ込まれている。部屋の天井は比較的低かったものの、ジャンプして届く高さではない。さっと視線を配ったケイトは〈豆〉と書かれた木箱を見つけた。さっそくそれを移動させ、換気口の真下に置く。

それまで木箱の陰になっていた棚があらわになった。そこに置かれていたのはチョコレートバーだった。缶箱の中に並んでいる〈アポロ〉と書かれたパッケージ。それを見たとたん急に我慢できなくなって、ひとつ取り出した。乱暴に包み紙をむしり取り、滑らかなチョコレートにかぶりつく。

何ヵ月ぶりだろう。島では食べていないし、マーズに逮捕された以後はもちろんのこと、逃亡生活中にもあまり口にしなかった。カカオの香りと砂糖の甘みとピーナッツの香ばしさ。口の中に恍惚《こうこつ》感が広がり、思わず吐息がもれてしまう。

だが、二口めにいく前にケイトはわれに返った。こんなことをしている暇はない。箱からもう三つばかりチョコレートバーを失敬してヒップポケットにねじ込むなり、先ほどの木箱の上にもうひとつ箱を積み上げて足場を作った。

扉を振り返る。いきなり開けられる気配はなさそうだ。

ケイトは身軽に木箱の上に乗り、両手を天井に突き出した。換気口のふたは呆気なく上方に外れた。それをダクト内に押し上げて横にずらし、穴の縁に手をかけて身体を引き上げた。断面が長方形の通気ダクトは、スリムな彼女が通り抜けるのには十分の広さがある。

　直感で方向を定め、ケイトは這って前進を始めた。


　窓辺にしつらえられたテーブルでロックは尋問に応じていた。

「パイロットが言うには、通信が途絶えたときにはすでに飛行コースから千マイルも外れていたらしい。だから、捜索もとっくに打ち切られているだろう」

　テーブルは一辺が壁に固定され、それをはさんで革張りのソファが向かい合わせに置いてある。ロックはその片方に腰を下ろしていた。座り心地はよかったが、靴を履《は》いていないのは何とも心もとない。

　彼の話を聞きながらテーブルのそばを行ったり来たりしている男は、自動小銃を低く構えて質問した。

「シドニーからロサンゼルスへの便だと言ったな？」

「そうだ」

「世界はまだちゃんと存在しているのか？」

　奇妙な問いだと思ったが、ロックは真顔でうなずいた。

「私の知る限りでは、そうだ」答えてからすぐにさり気なさを装って付け加える。「君の名前を教えてくれないか?」

「おれの名前?」虚をつかれたように立ち止まった男は、やがてにやりとして応じた。「おれの名はデズモンドだ」

「デズモンドか。私はジョンだ」親しみを込めた笑顔を向けてから、相手の自動小銃を目顔で示す。「その銃は必要ないことを、ぜひ知ってほしいな」

「そうか?」

デズモンドが笑い、ロックも笑い返す。だが、次の瞬間に銃口がまっすぐ突きつけられた。

「お次は、銃を渡してみてくれ、か?」

皮肉っぽく言ってからデズモンドは尋問を続けた。

「おまえたちは全部で何人いる?」

「四十三名だ。そのうち四名は今日いかだで出航した」

「いかだ?」

デズモンドはなぜか〝いかだ〟に反応して笑った。ほとんど苦笑に近い。その感情の変化を逃さず、ロックは気さくな調子で窓を指さした。

「このライトが日光の代わりだろう? 君はここから一歩も外に出ないのか? ここにはほかに出入り口は……」

だが、デズモンドは話に乗ってこない。別の質問をしてきた。

「おまえたちのグループで、何人ぐらい病気にかかった?」

「病気?」

「病気だ。具合が悪くなったり、死んだりする」

ロックは推論を口にしてみた。

「それでハッチの内側に〈検疫隔離〉と表示してあるのか?」

「質問に答えろ!」デズモンドが吠《ほ》える。

「いいや。ひとりも。誰も病気になどかかっていない」

銃を持つ男がまじまじとロックを見返したときだった。

プッ……プッ……プッ……。

施設内に警告音が鳴り始めた。

その瞬間、デズモンドの身体がぴくんと過剰なまでに反応した。

ロックが音の正体をいぶかっていると、デズモンドが鋭く命じた。

「立て!　向こうだ!」

席を立ったロックは銃に追い立てられるままにドームへと進んだ。中に数歩入ったところで立ち止まらされる。

あらためて室内を見てロックは驚嘆した。正三角形の構造材を組み合わせて建造されている地下ドームは、かのバックミンスター・フラーがデザインした〈ジオデシック・ドーム〉そのものだった。

「これの使い方を知ってるか、ボックスマン？」

いつの間にかデズモンドは室内中央に移動し、デスクのそばに立っていた。小銃の先でデスクの上を指し示している。

ロックはデスクの上を見てさらに驚いた。なんとコンピュータがある。それも古めかしいアップル・コンピュータだ。

「そのタイプのマシンはもう二十年も見てないが……」

デズモンドがいらだたしげに怒鳴る。「使い方を知ってるのか⁉」

「知っている」

「座れ！」

なぜか急激な緊張状態を示している男の指示に従い、ロックはデスクのキャスターつき椅子に腰を下ろした。目を上げると、ちょうど真正面にドームのもうひとつの出入り口があり、戸口の真上に数字の表示盤があった。それも電光式ではなく、プレートがぱたぱたと変わるフリップ式だ。

左側に黒地に白数字の書かれた三桁《けた》。右には白地に黒数字の書かれた二桁。

三桁の表示は002、二桁のほうは、38、37、36、と一秒間隔で減少している。おそらくカウンターだろう。すなわち、カウントダウンの残り時間が二分三十秒ほどということになる。

「よし、注意して聞くんだ」銃を構えたままデズモンドがデスクの横に立つ。「おれの言うとおりに正確にタイプしろ。それ以外には何もするな。いいな?」

黒いブラウン管の画面を見ると、緑色のプロンプトの後ろでカーソルが点滅している。

ロックがうなずくと、デズモンドは数字を告げた。

「4、8、15……」

そのとおりにキーボードを叩いていく。ロックは内心で興奮を覚えていた。キーをひとつ押すごとに近づいている気がする。この特別な島の秘密に、その謎の核心に。

だが不意にデズモンドが口をつぐみ、肩越しに背後を見た。

「聞こえたか?」

「何がだ?」ロックは問い返した。

プッ……プッ……プッ……。警告音が鳴り続けている。

デズモンドは頭をひと振りして怒声を上げた。

「どこまで入れた!?　最後に入力した数字は何だ!?」

「……15だ」

「よし、16、23、42だ」

そのまますばやくキーを叩く。

「打ち込んだら、〈実行〉キーを押せ」

ロックは画面を眺めた。
4　8　15　16　23　42。
何かのコードであることは間違いない。だが、これを入力するとどうなるのか。なぜか急に最後のキーを押すのがためらわれてしまう。目的のキーの上で指が止まってしまった彼は、額の汗を無意識にぬぐっていた。

プッ……プッ……プッ……。

ずっと求め続けてきた答えが〈実行〉キーを押すだけで明らかになるかもしれないのだ。それは渇望してきたことだが、同時に、知るのがどこか恐ろしい。彼は思わずデズモンドに振り向いた。

「これを押すと、いったい何が起きるんだ？」

「いいから押せ！」

急《せ》き立てる返事。そこには切迫感が感じられる。おそらくはカウンターがゼロになる恐怖。重圧を感じ、心臓の鼓動が速くなるのを意識しながら、ロックはかすかに震える人さし指で〈実行〉キーを押した。

とたんに警告音が止まる。

次の瞬間、戸口の上にあるカウンターボックスがぱたぱたと音を立て始めた。

せわしなく動くプレートは最後に、ある数字を示して静止した。

108・00。

そのあとは何も起こらなかった。カウンター・タイマーをリセットする。ただそれだけの作業だったようだ。

ロックは大きく息をついた。横をうかがうと、デズモンドも安堵の表情を見せている。

そのとき遠くで男の声が響いた。

「ケイト！　ロック！」

弾かれたようにデズモンドが顔を上げ、怒りの銃口を目の前に突き出してきた。

「あれは誰だ⁉」

「たぶん……ジャックだ」

たちまち彼は力ずくで立ち上がらされ、銃で小突かれながら居住区域に連れていかれた。テーブル・セットの横を通り抜け、ケイトを閉じ込めた扉の前をすぎてから、壁に向いて立たされる。

デズモンドは天井からアームで吊《つ》るされた望遠鏡のような装置を引き下げた。銃を向けつつ、それを覗き込む。

ロックはレンズの向いている方向を見やった。居住区画の出口。通路だ。手元のスイッチ操作で鏡が動いているのがわかる。シャフトの底にあった四角い鏡を思い出す。装置は敵の襲来に備えた監視用ペリスコープなのだ。単純ながら効果的な警戒システムに思わず感心してしまう。

　接眼キャップに目を当てたままデズモンドが訊いた。

「あれは誰だ?」

「彼の名はジャック。われわれのグループの医者だ」

「ここで何をしている?」

「正直言って、私も彼が来るとは思っていなかった」

「医者のくせに拳銃を持ってるぞ、ブラザー」

「それは……実は……」

「黙ってろ!」

　ロックの弁解の試みはあっさり封じられてしまった。

　望遠鏡を乱暴に戻したデズモンドが「動け」とうながす。

　次に連れていかれたのは部屋を横切った壁際にある棚の前だった。棚には制御盤らしき装置、レコードが載っているアナログ・プレーヤー、五十枚ほどのレコード・コレクションがある。

　デズモンドは制御盤のスイッチのひとつを入れた。通路がまばゆく光る。次いでレコードに針を落とすと、施設内にママ・キャスの歌声が大音量で響き渡った。

「ちょっとでも物音を立ててみろ。おまえを撃つ。脅しだと思うなよ」

　その声に極度のストレスを感じ取り、ロックは青ざめた。非常に危険な状況になりつつある。

「動け！」

ロックは肩を突き飛ばされた。

ケイトはダクトの中で動きを止めた。

突然がなり始めた音楽。

さっきの電子音といい、何が起きているのかさっぱり見当がつかない。狭く暑苦しい通気孔の中で汗だくの彼女はそれでも不安を振り切り、再び前進を開始した。

やがてダクトの先に格子が見えてきた。あれを外せば脱出できる。

懸命に這い進み、格子に顔を近づけて下の様子をうかがう。無数の小さなランプが点滅している電子機器が並んだ部屋。確かここはロックに助け起こされたドームだ。

突然、部屋に人影が現れた。

ケイトは驚愕した。ジャックだ。洞窟にいるはずの彼が拳銃を構えて入ってきた。

「ジャック！　ジャック！」

換気口の格子越しに大声で呼んだが彼はまったく気づかない。ママ・キャスの声が大きすぎて耳に届かないようだ。

だしぬけに音楽が止まった。今度こそ声が届く。大きく息を吸い込んだ瞬間、別の声がした。

「やめておけ、ジャック！」

ドームの戸口にロックが立っている。きっとあの男に銃を突きつけられているに違いない。

ケイトは口を閉じて事態の推移を見守ることにした。

「ケイトはどこだ?」ジャックが拳銃を向ける。「おまえはいったい何を……」

「動いたら、この男を殺す」

自動小銃の男がロックに拳銃を突きつけている。

「銃を下に置け」

「ケイトはどこだ?」とジャック。

「ジャック、心配はいらない」ロックが答える。

「銃を置けといったはずだぞ!」

「ケイトはどこだ!?」

やり取りに業を煮やしたのか、男がいきなり発砲した。

目前の金属格子が火花を散らし、ケイトはとっさに身をひねった。思わず悲鳴を上げそうになったが、口に手を当て押さえ込む。威嚇射撃で危うく死ぬところだった。

とにかくここから降りることはできそうにない。ケイトは音を立てぬように注意しながらダクト内を後退し、急いでドームを離れた。


ロックは背中に冷や汗がつたうのを感じていた。

真横からはデズモンド、前方からはジャック。二丁の拳銃に同時に狙われているのだ。おまけに両者とも腹を立てている。

「これが君の言ってたことなのか、ロック？　これが〝宿命〟とやらか？　示された道に導びかれた先がここだというのか⁉」

いきり立つジャックを何とかなだめなければ。ロックはできるだけ穏やかに言った。

「落ち着くんだ、ジャック」

そのときデズモンドが戸口の陰から出て背後に回ってきた。首筋に冷たい銃口を押しつけられ、全身が固くこわばる。

「銃口を下げるつもりがないなら、本当にこいつの頭を吹き飛ばすぞ、ブラザー」

その瞬間に見せたジャックの変化をロックは見逃さなかった。医師は姿を現したデズモンドを見て目を大きく見開き、ほんのわずかだが銃口を下げたのだ。

「君は……」

そのつぶやきは決定的だった。ジャックはデズモンドのことを知っている！

だが、それは謎がひとつ増えたにすぎない。互いに銃を突きつけ合う二人の男の間で、ロックはただ息を詰めているしかなかった。

再び同じひとつのいかだに乗った二人の男は互いに口も利かずに座っていた。

狭い場所で隣り合ってはいるものの互いに逆の方向に身体を向け、目も合わせない。マイケルは残してきたウォルトを思いながら後ろを向き、ソーヤーはいかだの進行方向に目を凝らす。

それを先に発見したのはソーヤーのほうだった。

ひと言も声を出さずに竹の上に腹ばいになり、右手で水をかき始める。それに気づいたマイケルは振り向いた。

「いったい何をしてるんだ?」

非難を込めた質問に答えようとはせずにソーヤーはこぎ続ける。

いぶかしんだマイケルは身体をひねり、前方を遠く眺めやった。大きな浮遊物が見える。彼らの進路をふさぐように暗い海面に横たわっている、長さ五メートル以上はありそうな物体。

爆破されたいかだのフロートだった。ソーヤーはあれに乗り移ろうというのだ。

浮力と安定性と大きさで勝るフロートに移る計画には賛成だ。マイケルも手で水をかこうとした。が、何かが弾ける音が聞こえた。どうやら竹を結束しているコードが切れたらしい。

「こぐのをやめろ!」

だが、ソーヤーは聞き入れずに必死にしぶきを上げ続ける。

「よすんだ! 乱暴にこぐとコードに無理な力がかかる! 壊れてしまうぞ!」

それを無視してソーヤーがさらに水をかいたとき、唐突に破壊が生じた。ちょうどソーヤーのいた側の半分だけ、竹がばらばらになってしまったのだ。

海中に落ちたソーヤーはあわてて立ち泳ぎをする。

「おい、ソーヤー！　つかまれ！」

ところが彼は手近の竹を数本つかんで身体を支えると、かぶりを振った。

「おれが乗ったら、二人とも沈んじまう！」

ソーヤーは振り返ってフロートを見やった。距離はおよそ八メートル。

「このままフロートまで泳いでいく」

「バカ言うんじゃない！　サメがいるかもしれないんだぞ！　サメより速く泳げるとでも思ってるのか？」

「マイキー、ここにいてもいずれ食われちまうんだ」彼はズボンから拳銃を抜き出した。「ノコギリ歯野郎が見えたら、狙いをつけて引き金を絞れ。いいな？」

「わ、わかった」

当惑しながらもマイケルが銃を受け取ると、ソーヤーは身をひるがえした。ほとんど右腕だけで泳いでフロートに向かう。

マイケルは暗い海面に跳ね散る水しぶきに目を凝らした。少しでも異変があれば、それを撃つ。もはや好むと好まざるとにかかわらず銃器を使用しなければならないのだ。

ソーヤーの泳ぎは遅々として進まない。フロートまでの八メートルが八十メートルにも感じられてしまう。

「行け。行け。行け……」思わず口をついて出る。

道のりの半分まで進んだときだった。ソーヤーの背後に背びれが浮かび上がった。サメだ！

マイケルは肝をつぶし、すぐさま拳銃を構えた。ナイフにも似たひれに向けて引き金を引く。ところが弾が出ない。顔面蒼白《そうはく》になったが、初弾を送り込むことを思い出す。彼はスライドを引き、再び引き金を絞った。

破裂音とともにグリップを握った手のひらに銃撃の反動が伝わった。

「うおおおおお！」

背びれに向けて続けざまに撃つ。五発めで赤っぽい大きなしぶきが立ち上がった。

自分でも驚きながら見ると、海面から背びれが消えている。仕留めたのか？　だが、ソーヤーの姿も見当たらない。まさか、まさか……。

「ソーヤー!?」

マイケルはやにわにいかだに伏せ、冷たい海水をかき始めた。

「ソーヤー！　ソーヤー！」

今にも壊れてしまいそうないかだの状態を一顧だにせず、必死にこいでいくと、ほどなくフロートに着いた。彼は墓地のように静まり返っている海上を見回した。

と突然、フロートの向こう側から水しぶきとともに腕が突き出た。

「ぐわあああ！」

野獣のような叫びとともに、ソーヤーが現れてフロートにしがみついた。

「手を貸してくれ！」

マイケルは言われたとおりにフロートのほうに手を伸ばし、ソーヤーの右手をつかんで思い切り引っ張った。肩を負傷した男はフロートの上面に何とか身体を載せ、ぜいぜいと息をついた。

フロートから突き出た竹をつかみ、マイケルもそちらによじ登った。

二人は大量の竹の束の上で一列になって身体を伸ばし、何も考えずに休息した。フロートは大の男が二人乗ってもびくともせず、数センチたりとも沈まなかった。

アルミ合金製のキャップをつけた先端部に横たわったソーヤーが、ほどなく規則的な呼吸を始めた。どうやら寝入ってしまったようだ。

マイケルはフロートに馬乗りになったままその頑丈さを心強く感じていた。ジンとさんざん文句を言い合いながらも、納得いくまできつく縛っておいてよかった。

これから水も食料もなく、どれほど長く漂流するかわからない。ソーヤーの傷も含めて不安要素だらけだ。だが、とりあえずはこのフロートに身を任すしかない。

マイケルの思いは自然にウォルトへと向かっていた。


ニューヨーク市は公園の宝庫だ。そのひとつを指定されたマイケルは、遊歩道沿いのベンチ

に座って二人が来るのを待っていた。

約束の時刻をすぎても彼らが現れないので、ぼんやりと木々や散策者を眺める。負傷していないほうの脚をつい小刻みに揺らしてしまうのは、やはり緊張のせいかもしれない。

「ほら、あそこに見えるでしょ?」

子供に話しかける母親の声。ハッとしてそちらに首をめぐらせると、スーザンが幼児の手を引いて歩いてくるのが見えた。

「ハイ」彼女がためらいがちに小さく手を振る。

「やあ」マイケルもそう言ってベンチから立ち上がった。

ずいぶんと大きくなった。記憶に残っているわが子はまだ一歳で、歩くのもおぼつかなかった。それが今では小さなスニーカーでしっかりと大地を踏みしめている。もう二歳になっているのだ。

「遅くなってごめんなさい。荷造りに手間がかかって……飛行機が朝一番なの」

「ああ、いいよ。平気さ」

気まずい沈黙が下りる。スーザンは子供に腰を屈《かが》めた。

「ほら、ご挨拶《あいさつ》は? ウォルト」

ウォルトはつぶらな目を伏せ、恥ずかしそうに母親にぴったりとくっついた。

「やあ、ウォルト!」マイケルはできるだけ明るい調子で声をかけた。「私は……」

そのあとが続かない。法的にはもう父親と名乗れないのだ。彼は紙バッグを掲げた。

「ほら、おまえにプレゼントだよ」

シロクマのぬいぐるみを取り出して振ってみせる。それでもウォルトは目を上げない。

「この子はクマは好きかい？」スーザンにそっと確かめる。

「ええ、大好きよ。でも、とっても恥ずかしがり屋さんなの」

彼女の言葉に安堵し、マイケルはしゃがんで息子と目線の高さを合わせた。

「やあ、おチビちゃん。……おっと、もうそんな呼び方はできないかな？　だって、そのこんなに大きいんだものな」

精一杯陽気にふるまおうとする。だが空回りし、余計に気づまりになっていく。彼は見せかけの平静をかなぐり捨て、曇りのない息子の瞳を真摯《しんし》に見つめた。

「なあ、ウォルト。おまえと私は当分会えなくなるんだ。でも、おまえは素晴らしい人生を歩むだろう。ママがちゃんと優しく世話してくれるからな。それに……ブライアンもおまえによくしてくれると思うよ」

理解しているのかいないのか、ウォルトはちらりと母親を見上げた。

「だけど、いいかい？　これだけはぜひ知っておいてほしいんだ。たとえ何があろうとも、私は……おまえのパパは……」

思わずそう口にするや、ウォルトが不思議そうな顔で見返してきた。

「そう……おまえのパパは、おまえのことをとっても、とっても愛している。いつだって変わることなく、愛してるんだよ。いつの日も……。いいね？」

愛らしいウォルトの顔を見ているうちに、マイケルは目頭が熱くなるのをこらえきれなかった。最後に一度だけ抱き締めようとそっと両手を伸ばす。

だが、とたんにウォルトはさっと後ずさるようにスーザンに足にしがみついた。

「ごめんなさい。この子、まだ……」

あわてて言い訳しようとする彼女をマイケルは遮った。

「いや、いいんだ」心の内を表情に出さないようにして立ち上がる。「いいんだよ」

スーザンはうなずいた。彼女も心なしか目をうるませていた。

「それで……ああ、これを」マイケルはぬいぐるみの袋を彼女に手渡した。「もしよければ、それが私からのプレゼントだって、ときどきでいいから教えてやってくれないか？」

「ええ、そうするわ」

うなずき合うと、互いに話すべきことはなくなった。

「……それじゃね、マイケル」

「ああ。それじゃ」

母親と小さな息子は背中を向けて歩きだした。

遠ざかる後ろ姿をじっと見ていると、不意にウォルトが振り向いた。

思わず息子の名を呼びそうになるのをかろうじてこらえる。再び前を向き、遊歩道を歩いていくウォルトに、最後にもう一度だけ振り向いてほしいと願う。

だが、そのときにはもうマイケルの視界は、息子の姿も判然としないほど涙でかすんでしまっていた。

遠ざかっていくウォルト。

七年前の胸を引き裂かれるような思いを、こうしてまた繰り返すことになろうとは。

父親である自分がしっかりしてさえいれば、息子を奪われはしなかったはずなのだ。あのときも。そして今も。ふがいない自分のせいで……。

マイケルはフロートの後部にまたがり、顔を両手で覆ったまま忍び泣いた。心が苦しみもだえ、長い夜が終わりを告げて東の空がかすかに明るくなり始めても、声を殺して泣き続けた。

「大丈夫か……マイク？」

遠慮がちにソーヤーが声をかけてきた。どうやら目を覚ましたらしい。

マイケルは涙もふかずに顔を上げ、彼に告げた。

「これは私のせいだ」

「え？」

「あの子をいかだに乗せるべきじゃなかった」

ソーヤーはそれを聞いて、ただ痛ましげに顔をゆがめただけだった。

「きのうだった……出航する直前だよ。ウォルトが私を見たまなざし……あんな表情、見たことなかった……。他人の子供があんな目で父親を見る場面は何度も見たことがあったけどな」

マイケルは鼻をすすり上げた。

「何とも不思議な感じがする表情なんだ。頼りにしてるっていうか、信頼しているっていうか……。子供はきっと意識してないだろうけど、父親を愛し、必要としているのが伝わってくる顔つきなんだよ。そんなまなざしを向けられたのは、きのうが初めてだったんだ。自分の息子があいう目で見てくれたのは……。その瞬間、すべてを忘れることができた。この身に降りかかっている悪いことすべてを。あのまなざしは、私に希望を与えてくれたんだ」

話すうちにふつふつと強い決意がみなぎる。

「必ずあの子を取り返す。たとえどんな犠牲を払うことになろうと、きっとこの手で息子を取り戻してみせる」

ソーヤーは小さくうなずくと、目をそらした。遠く海原へ向けられたその目がたちまち大きく見開かれる。

「……あれを見てみろよ」

言われてマイケルもそちらを見た。目に飛び込んできた光景に思わず息を呑んだ。

夜明けの淡い光に浮かんでいるのは、あの島だった。

ソーヤーが吐き捨てるように言った。

「海流に押し戻されて、わが家に帰ってきたようだぜ」

三キロほど流されてから、フロートは海岸に打ち上げられた。

マイケルとソーヤーは疲れきった足を引きずって浅瀬を歩き、乾いた砂浜に上がったところで立ち止まった。ソーヤーはがっくりと膝を落とし、マイケルも屈み込んで大きく息をしながら大地の感触を踏みしめた。

おそらくこの海岸は島の北側だろう。ここから島の反対側にある〈キャンプ〉まで歩いて帰らなければならない。

そんなことをぼんやり考えたとき、マイケルはふと人間の声が聞こえた気がした。驚いて目を上げると、ソーヤーも耳にしたらしく顔を見合わせてくる。

海辺のジャングルからだんだん近づいてくる叫び声は英語ではない。だが聞き覚えのある独特のイントネーションがあった。

「ジンか？」

ソーヤーがつぶやいたとき、茂みの中からまさしくジンが飛び出してきた。手を後ろに回して木の枝を持って走ってくる。彼は二人を見つけて叫んだ。

「マイケル！　ソーヤー！」

「ジン！」

ソーヤーが再会の喜びにあふれた声で叫び返したが、走ってきたジンが砂浜にどうっと倒れ込んだのを見てその笑顔は一瞬のうちに消え失せた。

彼は枝を持っているのではなかった。細い木切れに後ろ手を縛られているのだ。二人が手を貸して縄を解くと、ジンは韓国語で何やらまくし立てた。口調がひどく切迫している。

「どうしたんだ？」

「落ち着け」

「アダズ！　アダズ！」ジンはそう繰り返す。

「何だって？」

ジンは逃げてきた方向を振り返り、凍りついた表情で言った。

「〝アザーズ〟！」

マイケルとソーヤーはそちらを同時に見やった。

そこには汚れた服を着て、手に手に原始的な武器――棍棒や木槍《きやり》のようなもの――を持った不気味な一団が無言で立っていた。

マイケルたちがショックを受けて呆然《ぼうぜん》としているうちに、ひとりの男が近づいてきた。漆黒の肌を持つ半裸の大男だ。

とっさにソーヤーが手近にあった竹の棒を拾い上げて迎え撃とうと立ち上がったが、風のように疾走してきた大男の振り回した棍棒の一撃で昏倒した。

鬼のような形相の男に、マイケルは腹と背中に、ジンは背中に棍棒を振り下ろされ、あっという間に気を失った。

マイケルが意識を取り戻したのは、地中深く掘られた穴に放り落とされたときだった。同じ穴の底でソーヤーもジンも倒れてうめいている。

見上げると三メートル以上も高くにある地表にあの黒い大男が立っていた。無言で穴の中を見下ろしている。

マイケルは打撲の痛みと頭のふらつきをこらえながらよろよろと立ち上がった。

「息子はどこだ？　息子をどこへやった!?」

大男は顔色ひとつ変えずに、丸太を組んだ格子状のふたを穴の上面で叩き閉めた。

「おい！　息子に何をした!?」

格子越しに見えていた大男の顔が視界から消える。

「待て！　聞いてるのか!?　戻ってこい！」

だが、その叫びは薄暗い朝のジャングルに吸い込まれていく。

捕らわれの身になってしまった。息子だけでなく、自分たちまでも。マイケルは誰もいない格子の上を見すえ、きつく唇を噛《か》んだ。

第28章

信じる者

Orientation

ジョン・ロックは背中に冷や汗がつたうのを感じていた。

真横からはデズモンド、前方からはジャック。二丁の拳銃に同時に狙《ねら》われているのだ。

「これが君の言ってたことなのか、ロック？　これが〝宿命〟とやらか？　示された道に導びかれた先がここだというのか⁉」

いきり立つジャックは今にも銃を暴発させそうな形相で言葉を吐《は》いた。

何とかなだめなければ、とロックはあせった。彼の怒りを抑制しなければ……。

怒りを抑制する《アンガー・マネジメント》ための集団セラピーは、いつものように淡々と進んでいた。

教会の地下講堂の中央に円形に並べられた折りたたみ椅子《いす》に、参加者が十五名ほど座っている。椅子のひとつにおさまったロックはざっと彼らを眺めた。年齢も性別も職業もばらばらだが、ひとつだけ共通点がある。さも重大そうに暗い顔で披露する身の上話がどれもこれも陳腐で、おそろしく退屈なのだ。

「それじゃ、今夜はどんなことに怒りを覚えたか話してちょうだい、フランシーン」

司会を務める中年女性にうながされ、二十代の女性が立って話を始めた。

「今週、母がまた私のお金を盗みました。お金はもうお財布に入れずに別の場所に隠しておいたのにもかかわらず、母はお酒欲しさに、探し出して三十ドル盗んだんです」

彼女はメガネの奥で神経質そうな目に怒りをあらわにした。

「三十ドルぽっちって思われるかもしれないけど、私には大金なんです。あのお金を返してほしいわ」

くだらん。ロックは思わず鼻で笑った。

見とがめた司会者が鋭い視線を向ける。「ジョン、何か言いたいことでも？」

ロックは無言で肩をすくめてみせた。

「ねえ、ジョン。この会に出席するようになって一ヵ月になるわね？　なぜあなたは……」

「三十ドルは怒りを覚えるほどの額だとは思えない」彼はそっけなく言った。

「でも、フランシーンにとっては……」

「フランシーンは小さなことを大げさに感じすぎだ。彼女だけじゃない。みんなそうだ」

参加者たちがさっと顔をこわばらせる。なぜかひとりの女性だけはくすりと笑った。

「誰々が電話をくれない？　母親が三十ドル盗《と》った？　それが怒りの対象だなんて冗談じゃない。私は両親が誰かすら知らなかったんだぞ。何人もの里親に転々と預けられたんだ」

「それは大変だったと思うけど……」

「話はまだ終わってない！」ロックは司会者を黙らせた。「二年前のことだ。実の母が私を捜し出して訪ねてきた。そして私に言うんだ。『あなたは特別だ』と。それに母を通じて実の父にも会うことができた。よかったと思うだろう？　ところが父は私を愛しているふりをした末に、私から腎臓を盗んだんだ！　移植が必要だったからさ！　そうしてこの私をゴミくずみたいに放り捨てたよ！　赤ん坊のときと同じようにな！」

司会者は声も出ない。この会でこれほど悲惨な話を聞くのは初めてといった顔だ。

痛みをともなった憤怒はもはやコントロールできず、ロックはフランシーンに怒鳴っていた。

「三十ドルを返してほしいだと!?　こっちは腎臓を返してほしいさ！」

その夜の集団セラピーは台無しになって終了した。

教会の庭に出たロックは夜気に包まれながら、タバコを取り出してくわえた。だが、紙マッチに火がつかない。四本無駄《むだ》にした挙げ句に、口からタバコをつまんで力任せに地面に叩きつける。そのとき近くで声がした。

「いい考えだわ」

振り向くと、ロックと同じく四十代前半とおぼしき女性が立っていた。集団セラピーの輪の中にいた参加者のひとりだ。捨てられたタバコを目顔で示す。

「あなたが腎臓ガンになってしまったら、スペアがないんですものね」

「笑えるな」

「さっきの話は本当のことなの？」

「ああ。本当さ」ロックはすぐに思い出した。彼が周囲にいらだちをぶつけたとき、ひとりだけ笑みを浮かべた女性だ。「会をぶち壊しにしてすまなかった」

「とんでもない。私がずっと言いたかったことを代弁してくれたんですもの。あそこに参加するたび、立ち上がって叫びたい衝動にかられてたわ。『克服しなさいよ、このまぬけ！』って」

「どうしてそうしなかったんだ？」

「だって私、感情に栓をしておかなきゃいけないの。爆発すると手がつけられなくなるから」

彼女のウィットに富んだ答えにロックは表情をゆるめた。同時に、彼女がとても魅力的なことに気がつく。

「ねえ、来週はもう来ないんでしょ？」

「たぶんね」

彼女はいたずらっぽい笑みを浮かべた。

「残念だわ。コーヒーでも飲みたかったのに。私、ハゲてる男性が好きなの」

「私はハゲてはいない」側頭部の髪を触って抗議する。

「じゃあ、ハゲるまで待つわ」

二人は笑い合った。

「ちなみに、私の名前はヘレンよ」

差し出された手をロックは握った。「やあ、ヘレン。私はジョンだ」

集団セラピーに通ったこの一ヵ月間で、ロックは初めて安らいだ気分を味わっていた。


「落ち着くんだ、ジャック」

ロックはそう声をかけたが、不意に背後に回ったデズモンドによって、首筋に冷たい銃口を押しつけられた。

「銃口を下げるつもりがないなら、本当にこいつの頭を吹き飛ばすぞ、ブラザー」

デズモンドがそう警告した瞬間に見せたジャックの変化をロックは見逃さなかった。

「君は……」ジャックは驚きの目を見開いたまま言葉を飲み込んでいる。

どうやら彼はデズモンドを見知っているらしい。とはいえ、笑顔で抱擁が始まるとはとても思えない。それがこの緊張状況にどんな影を落とすのか、ロックには予想もつかなかった。


ケイトはダクト内を必死に後退していた。すぐ目の前で銃弾が火花を散らしたのを見てから、体内ではアドレナリンが放出されっぱなしになっている。

食品貯蔵室の上まで戻った彼女は換気口から両脚を出して方向転換し、ダクトを逆方向に前進した。しばらくして手が格子に触れたので、真下を覗《のぞ》いてみる。その部屋は暗く、目を凝らしても中の様子は見えない。

ケイトは一か八かで格子のふたを外し、室内に飛び降りた。暗い部屋に立つと、出入り口の引き戸がほんの少し開いていて、淡い光の線が見えた。どうやらここから脱出できそうだ。

すばやくドアに近づき、音を立てないように注意して三十センチほどまで引き開ける。顔を出すと右前方から、銃を降ろすよう警告するハッチの男の声が聞こえてきた。だが、その姿は見えない。つまり彼からもこちらが死角になっているということだ。

何か武器になるようなものはないか。室内を振り返ったケイトは仰天した。ドアから射し込む光に照らし出されているのは、壁一面の銃器だった。ラックには拳銃、ライフル、自動小銃などありとあらゆる種類がそろっている。彼女は迷うことなくショットガンを選び、散弾を装塡《そうてん》していつでも撃てる状態にするなり、銃器庫をそっと抜け出した。

足音を忍ばせてドームへと向かう。壁に背を押しつけて身を隠しながら男の声を目指していくと、グレーのつなぎを着た彼の背中が見えた。

「銃口を下げるつもりがないなら、本当にこいつの頭を吹き飛ばすぞ、ブラザー」

ジャックに向かってまくし立てており、背後には少しも注意を払っていない。ケイトは銃を構えながら暗がりから飛び出し、一気に間をつめるやショットガンの台尻《だいじり》を男のうなじに叩きつけた。

うめき声を上げて男が前のめりになる。

その瞬間、彼の拳銃が火を吹いた。

ロックは耳元で轟《とどろ》いた銃声にとっさに首をすくめた。すぐ横をデズモンドが床に崩れ落ちていく。背後のケイトを一瞥《いちべつ》して、何が起きたかを瞬時に理解した。

ジャックが脱兎《だっと》のごとくデズモンドに飛びかかった。床に落ちた拳銃を蹴《け》り飛ばし、うつ伏せに倒れているデズモンドの頭に自分の拳銃を突きつけながら自動小銃を奪う。

「動くな！」

ジャックがすべてをふいにしてしまう気がして、ロックは進み出た。「待て……」

「何を待つんだ！」ジャックが血走った目を向ける。

「彼はもう武器を持っていない」

「銃で君の頭を狙ったんだぞ！」

床に顔を押しつけられたままのデズモンドが声を震わせた。

「何てことをしてくれた……」

彼の愕然《がくぜん》とした様子を見て二人は顔を見合わせた。

「いったい……どうしてくれるんだ」

デズモンドの視線を追うと、コンピュータから煙がうっすらと立ち昇っていた。彼が暴発させた銃弾が運悪く当たってしまったのだ。

「おれたちはみんな死ぬ……みんなおしまいだ……」

切迫したその口調はうわべだけの反応とは思えない。

「早く直さないと」

そう言って起き上がろうとしたデズモンドを、ジャックは上から強く押さえつけた。そうして当惑顔をケイトに向ける。

「彼はいったい何の話をしてるんだ!?」

「よく聞け！」デズモンドが必死に訴える。「おれに修理させないと、みんな死ぬぞ！」

「動くなと言ったろ！　さもないと……」

「あれを見ろ！　壁を見てみるんだ！」

ジャックが表示盤に目をやる。数字が098・00から097・00に変わった。

「見たか？　あれはカウントダウン・タイマーだ。わかるか？　コードを入力してボタンを押さなきゃいけない。そうしないと……」

「そうしないと、どうなる!?」

「ジャック」ロックは口をはさんだ。「彼に修理させるんだ」

「僕に命令するな！」

ジャックは怒鳴り返し、デズモンドに視線を戻した。

「ボタンを押さないとどうなる？　何が起きるんだ？」

答えようと顔を上げたデズモンドは、急に怪訝《けげん》な表情になった。

「……どこかで会ったか？」

やはり、とロックは思った。二人は顔見知りなのだ。

だがジャックは問いかけを無視し、デズモンドの顔を床に再び押しつけた。そしてケイトに合図する。

「狙っててくれ」

「ええ。わかったわ」

ケイトのショットガンがまっすぐデズモンドに向けられるや、ジャックは彼を解放した。デズモンドはすぐに跳ね起き、コンピュータの前に飛んでいった。画面の消えたディスプレイ横にある電源スイッチのオンオフを繰り返したが、機械からの応答はない。

悪態をつきながら修理を試みる彼をよそに、ロックはジャックの様子をじっとうかがった。

それに気づいたジャックが見返す。「何だ？」

まばたきもせずに数秒間見つめてから、ロックはひと言だけ答えた。

「何でもない、ジャック」

映画館のロビーを手をつないで歩いていると、ヘレンが尋ねてきた。

「気に入った？」

「今の映画かい？」

「ううん。ポップコーン」

彼女のジョークに心から笑いながら、ロックは答えた。

「ポップコーンは気に入ったよ。でも映画はよくわからなかったな」

「私もよ。話がさっぱり。私、あんまり賢くないのかも」

「君は賢い女性だよ」

ヘレンはけらけらと笑ったかと思うと、ロックの尻をぱちんと叩いた。

「あなたを見つけるぐらいには賢いってこと？」

ロックはびっくりし、顔を赤らめた。今まで人前で女性に尻を叩かれたことなどない。だが、ヘレンにふざけてそうされるのは悪い気分ではなかった。

「ねえ、これから私の家に来ない？」彼女は目をきらきら輝かせて言った。

たちまちロックは用心深くなってしまう。「今日はまだ二度めのデートだよ」

だが、ヘレンは彼の頬《ほお》に優しく手を触れて囁《ささや》いた。

「いいのよ、ジョン……」

その夜、彼女のベッドで結ばれ、二人はそのままどろんだ。

外から虫の声が聞こえてくるほどの静かな夜。

夜半すぎ、ロックはそっと起き出した。彼女が目を覚まさないよう細心の注意を払ってベッドを下り、服を着る。靴ひもを結んでいるとき、寝返りを打ったヘレンが目を開けた。

彼の顔を見て笑みを浮かべたが、すぐに彼女は眉《まゆ》をひそめた。

「何をしてるの？　どこかに行くの？」

「どこにも行かないさ」ロックはしどろもどろで答えた。「その、自分のベッドじゃないと何だか寝つけなくて……」

たちまちヘレンの顔に影がさす。ロックはあわててかぶりを振った。

「そうじゃない。君には何の問題もないよ、ヘレン。嘘《うそ》じゃない。とても素晴らしいひとときだった。本当に君のことが好きだよ」

それは本心だったが、立ち去る理由を明かすことはできない。

「すまない。あとで電話するから」

傷ついたような表情でベッドに起き上がっているヘレンを置いて、ロックは部屋を出た。

夜が明けるころには、愛車の赤いビートルを大きな邸宅の前の道端に駐車させていた。テイクアウトのコーヒーをすすりながら、二十メートルほど離れた門をドアミラー越しに見張る。

この二年間、彼に会いたくて邸宅の前で張り込みをしてきた。だが、彼は姿を現すことはなく、ついには突然どこかへ引っ越してしまった。それでも必死に新しい住居を探し当て、こうして監視を再開したのだ。

ミラーの中で制服を着た門衛が見回りをしている。大柄の黒人で、かつて顔なじみになった気のいいエディではない。

突然ビートルの助手席のドアが開き、男が勝手に乗り込んできた。その顔を見て思わず息を呑《の》む。邸宅の住人であり、彼から腎臓を盗んだ男。実の父親アンソニー・クーパーその人だった。

「おはよう」

シートに滑り込むなりクーパーは頬をゆるめて挨拶《あいさつ》した。

「……おはようございます」ロックは口の中で返事した。

「ジョン、おまえが私の住まいの近くを好んでドライブするのは知ってるよ」父親は快活な口調で言った。「それにいつも決まって門前に駐車することもな。引っ越せばおまえのドライブも終わると思ったが、こうしてまた私の目の前に現れた。白状するが、最初のうちは面白かったんだ。しばらくしてからは哀れを感じたがな」

クーパーの視線がにわかに冷ややかになる。

「だが今では、ただうっとうしいだけだ」

父親のむごい言葉にロックは目を伏せた。

「おまえの望みはいったい何だ？」

「……なぜです」ようやくそのひと言だけ口にできた。

「よくわからんが？」

「なぜなんです？」

それしか言いようがない。それこそが彼を不眠に追い込み、心を蝕《むしば》ませた問いだからだ。

父親は眉を上げた。「では……なぜおまえはここにいるんだ、ジョン？　なぜふられた男からの電話を待ち続ける女みたいな真似をする？」

ロックは黙っていた。みじめで、辱めを受けている気分だった。

「よろしい。おまえの質問に答えよう。〝なぜ〟か？　理由などない。私が騙《だま》した人間はおまえが初めてだと思うのか？　おまえは父親を求め、私は腎臓が欲しかった。それがすべてさ。もうあきらめろ」

ひとかけらの良心も、父としての愛情の片鱗《へんりん》も見せることなくそう切り捨て、クーパーは車を降りようとした。が、途中で振り返る。

「いいか、ジョン？　二度と来るな。顔も見たくない」

父親の姿が消え、車内にぽつんとひとり残されたロックはコーヒーをひと口飲んだ。

装った平静はすぐに崩れ去り、すすり泣きに変わった。打ちのめされ、沈んだ心。その痛みが薄らぐことはけっしてなかった。


ロックは気分を高揚させ、デズモンドの動きを注視していた。

コンピュータの損傷具合を調べ終わったハッチの住人は居住区画に取って返し、制御盤を操作して施設内の照明を明るくすると、探し物を始めた。キャビネットや書棚の中身をあわただしくひっくり返していく。

彼にショットガンを向けているケイトにロックは言った。

「ケイト、それは必要ない」

銃を下ろしかけた彼女にジャックが叫んだ。「ダメだ！」

再びケイトの銃口が上がる。ロックはそれを腹立たしく思いながらも、デズモンドに声をかけた。「私も手伝おうか？」

「コンピュータを修理できるか？」

ロックは肩をすくめた。

「だったら、あんたの手はいらない」

「サイードなら直せるんじゃない？」ケイトが横から言った。

「それだ！」ロックは彼女に向いた。「呼んでこい！　行ってサイードを連れてくるんだ！」

ケイトは指示を仰《あお》ぐようにジャックに振り向く。

「君はあのロープを登れるか？」ジャックが訊《き》いた。サイードをここへ連れてくることに関しては反対ではないらしい。

「その必要はないんじゃない？　どこかに出入り口があるはずよ」

「通路に出て左だ」デズモンドが書棚の中を物色しながら言う。「扉のハンドルが固いぞ」

ショットガンをロックに手渡すなり、ケイトは部屋を飛び出していった。

「見つけたぞ！」

デズモンドがガラス瓶をつかんで立ち上がった。そのピーナッツバターの空瓶には、小さな基板や電子部品がぎっしりと詰め込まれている。

ドームのデスクに駆け戻ったデズモンドは瓶をかたわらに置いて作業を始めた。ロックも追いかけて様子を見ようとそばに立つ。その瞬間、ジャックが走り寄ってきてガラス瓶を取り上げた。デズモンドに自動小銃を突きつけながら瓶を掲げる。

「ようし、事情を説明しろ」

でなければ部品は渡さないという脅しだ。ロックはさっと進み出た。

「ジャック、時間がないんだぞ！」

「ここで小休止だ！　作業を続けたいなら、ここへ来た経緯を説明しろ！」

「それを返してくれないと、おれたちは全員死ぬんだぞ」デズモンドが抗議する。

「いいから説明しろ！　どうやってここに来た!?」

「船だ！」デズモンドはやけになったように答えた。「三年前、ヨットが遭難したんだ」

「この島のことじゃない。〝ここ〟に来た経緯だ！」

ハッチの住人は顔をゆがめ、ため息まじりに話を始めた。

「おれはヨットの単独レースで世界を回っていたんだ。船が座礁し、ケルビンが来て……」

「ケルビン？」ロックは問い返した。

「ああ、ケルビンだ。ジャングルから走り出てきて、急いでいっしょに来るように言った。おれは二週間漂流してたんだ、たったひとりで。無線が壊れ、救助もなく……。もちろんおれはついていったさ。それでここに連れてこられたんだ」

デズモンドはつばを飲み込んでのどを湿らせた。

「そのときには警告音が鳴ってた。やつが真っ先にやったのはコードを入力することだった。ボタンを押したら音が止まったよ。『それは何だ？』と訊いたら、やつは答えた。『世界を救っているんだ』と」

ロックは言葉もなく目をしばたたいた。だがジャックは質問を返していた。

「〝世界を救っている〟だと？」

「やつがそう言ったんだ。おれじゃない。ボタンを押すのをやめたらどうなるのか、あの男は知らなかった。けれど、いつもそのことを考えてたようだ。……で、おれもそれを押し始めた。やつと交代でな。そうやってしばらくは二人で世界を救ってたんだ。愉快だったよ。そのうちケルビンが死んでしまい、それからはおれがここでこうしてひとりで救ってるのさ」

ジャックが視線で先をうながしたが、デズモンドは声を高めて言った。

「以上だ！」

やがてジャックは無言で瓶を差し出した。

それを引っ張って作業を始めたデズモンドを残し、彼は考えごとをするようにドームの通路側にある出入り口に歩いていった。ロックはすぐに追いかけた。だが、声をかけようとするとジャックが機先を制するように言った。

「今のを信じるなんて言うなよ」

ロックは返事をしなかった。〝信じる人間〟である彼はもちろん男の言い分を信じていた。

「まるで正気の沙汰《さた》じゃない。ボタンを押すだと？　世界を救うだと？　意味があると思うか、ロック？　額面どおり受け取れるか？」

「だが、彼の話以外には何の情報もない」

「おれの話など信じなくていい」いきなりデズモンドが口をはさんだ。「フィルムを観ろ」

「え？」ロックとジャックは同時に振り向いた。

「書棚の一番上の段。『ねじの回転』の後ろにある。映写機は貯蔵室の中だ」

すぐさま居住区画に行き、ロックは書棚に並ぶ背表紙に目を走らせた。確かにヘンリー・ジェームズの『ねじの回転』があった。ペーパーバックをすばやく引き抜き、手を突っ込んで奥を探る。指先に触れる金属の感触。期待を込めてそれを引っ張り出す。

直径十六センチほどのアルミ製フィルム缶だ。ふたの中央にまたしてもあの正八角形のマークがついている。側面を見ると白いテープが貼《は》られ、黒のゴシック体でこう印字されていた。

〈オリエンテーション〉。

ロックはフィルム缶を掲げ、半信半疑の顔でやってきたジャックにその表示を見せた。

彼はただ無言の一瞥を返してきただけだった。

だが、ロックにはわかっていた。このフィルムがすべての答えだとジャックも認めていることを。そして〝科学の人間〟はそれを望んでいないことを。


「誰もいないぞ！　海岸は安全だよ！」

チャーリーの叫び声で、ジャングル内で様子をうかがっていた三十数名の生存者たちはぞろぞろと砂浜に歩きだした。〝ほかの者たち《アザーズ》〟などいないと言い張ったなりゆき上か、チャーリーはひとりで海岸を偵察し、手造りの家々の中も点検したのだった。

ハーリーは砂浜を歩き、波打ち際まで行って立ち止まった。青い空、はるか遠くに見える水平線、心地よい海風。たった一晩しか洞窟にこもっていないのに、この地がこれほどまでに美しかったのかとあらためて思い知らされた。

「おれはビーチが恋しかったよ」

そうつぶやくと、隣で同じように海を眺めていたサンがうなずき返した。

ハーリーにとっては長い冒険の一夜だった。ジャック、ケイト、ロック……あの三人に関わると、きまってトラブルに巻き込まれることになる。それを痛感した一夜だ。今ごろ三人がハッチで何をしているか知らないが、とにかくこの美しい夜明けの平穏がいつまでも続くようにと心から願う。

それから一時間後には〈キャンプ〉の日常が戻り始めた。ある者は水汲《く》みを始め、あるいは焚火《たきび》を起こし、またある者は魚釣りや果実採りに精を出す。

ハーリーはビンセントを砂浜に連れ出してボール遊びの相手をした。飼い主のウォルトは海の上だし、預かり主のシャノンは疲れがひどいのか寝入ってしまっている。

水際をうれしそうに跳ね回る犬に目を細めていると、ふと背後でサイードが重そうな箱を引きずっているのに気がついた。この素晴らしい気分を共有したくてすぐに走っていく。

「よう、おたく」箱の片側を持つ。「こうして無事に朝を迎えられるなんて思ってなかったよ。それにおれはいなかったけど、アーロンの事件も解決したし」

「あれはとてもエキサイティングだったよ」

ハーリーはそれを冗談だと受け取って笑みを浮かべた。

「まあとにかく、これでまた何もかも普段どおりに戻るんだな」

そう言った瞬間、ジャングルの茂みががさがさと音を立て、人影が飛び出してきた。ハーリーはそれを見たとたんにげんなりした。ケイトだ。またトラブル発生だろうか？

「サイード！　いっしょに来てちょうだい！」

やっぱり……。

イラク人はすぐに彼女とともにジャングルに向かった。

そしてハーリーも行きがかりで同行する羽目になってしまった。これも例の数字の呪いだとあきらめながら彼はハッチを目指した。

映写場所は書棚の前にあるカウチと決めた。

映写機を片手にさげたジャックが食品貯蔵室から戻ってきたとき、ロックはフィルム缶のふたを開けた。興奮を覚えながら十六ミリフィルムのリールを慎重に取り出す。

「本編の前にアニメ映画がついているかな?」

胸が高鳴り、そんな冗談も口をついて出てしまう。

しかしジャックのほうは仏頂面で映写機のケースを開けながら言った。

「僕がここに来る前に何があったのか教えてくれないか、ジョン?」

ロックは映写機の準備を引き継ぎながら答えた。

「ケイトが縛られ、デズモンドが私に銃を向けた。そんなところだ」

「デズモンド……?」

そうつぶやきながらジャックが貯蔵庫へ戻り、丸めたスクリーンを抱え上げる。

ロックは続けた。「彼はわれわれのことを詳しく訊きたがった。どうやって来たかとか、病気になったかとか……」

「君からは何も質問しなかったのか?」

「彼は銃を持っていたからな」

ジャックはスクリーンのスタンドを立て始めた。「あと四十五分で世界が滅びるっていうのに、君はよく落ち着いていられるな」

「彼が修理してくれるさ」ロックはあっさりと口にした。

「ジョン、あいつの言ってることがわかってるのか？　さっきの話はまるでばかげてるし、ありえない」

「どこがばかげているんだ？」

「この前、世界を救うコンピュータを見たが、あんなのじゃなかった」

ロックはそれをジョークと受け取ることにして笑った。もちろんジャックはそのつもりではないだろう。感情を高ぶらせている医師を見つめ、不意打ちのように尋ねてみた。

「君がそんなに怒っているのは、彼が知り合いだからか？」

たちまちジャックは声を失った。ロックはほくそ笑みながら付け加えた。

「それが理由で信じないのなら、それこそありえないことだ」

ジャックは無言でスクリーンを開いた。

フィルムを映写機にセットし終えたロックはカウチに座り直し、大きくひとつ息をしてからスイッチを入れた。からからとリールが回り、スクリーンに光が映し出された。

ロックは隣に腰かけたジャックを見やった。ジャックもロックを見返す。そして二人は画面に視線を移した。

画面にまず登場したのはシンプルなタイトルだ。黒地に白文字でこう書かれていた。

〈ダーマ構想　3／全6　オリエンテーション〉

どこかオリエンタルな曲調の音楽をBGMに、おなじみの正八角形の中心に白鳥のイラストがあしらわれたマークがオーバーラップする。

〈オリエンテーション－第三ステーション－スワン〉

フェードアウト後に現れたのはジャケット・タイプの白衣——胸には正八角形マークのワッペン——を着たアジア系の男だ。短い頭髪にそろそろ白いものが混じり始めた年齢の彼はテーブルの後ろに立ったまま、カメラに向かって話し始めた。

『ようこそ。私はマービン・キャンドル博士。これはダーマ構想の第三ステーション用オリエンテーション・フィルムだ。君と君のパートナーがこのステーションにおける責務を遂行するための一連の簡単な手順を説明しよう。だがその前に、まずは組織の沿革を……』

画面には大学のキャンパスが映し出された。ファッションからすると七〇年代らしい。

『ダーマ構想が生まれたのは一九七〇年。発案者はミシガン大学の博士候補者であったジェラルド・デグルートとカレン・デグルートの二人だ』

研究室らしき場所で、デスクに向かっている長い金髪の女性と黒いひげで顔中覆われたメガネの男が手を振った。どちらも三十歳ぐらいだろうか。

『Ｂ・Ｆ・スキナー、バックミンスター・フラー、シャルル・フーリエら先見者の跡を継ぎ、彼らは大規模な共同研究施設を構想した。そこでは、世界中から集結した科学者や自由思想家たちが研究に専念する。研究分野は気象学、心理学、超心理学、動物学、電磁気学、そして空想的社会動学……』

画面では各分野ごとに説明カットが挿入されていく。

『デグルートは大学を離れたのち、隠遁《いんとん》した実業家で軍需産業の有力者でもあるデンマーク人アルバー・ハンソから財政的支援を受けた。ハンソの支援により、二人の多目的社会科学研究施設を創設する夢が実現したのだ』

当時の機能的な高層ビルの外観が映し出され、窓のひとつがアップになる。窓越しにぼんやりと見える人影がハンソらしい。カットが変わり、再びキャンドル博士が映った。

『君と君のパートナーは現在、第三ステーション、通称〈スワン〉におり、これから五百四十日間滞在することになる。第三ステーションは本来、島のこの領域から生じている特異な電磁気変動を解明するために建設された研究施設だ。しかし初期実験が始まって間もなく、あるできごとが起きた。そのとき以来、以下の手続きが義務づけられている』

博士が移動し、カメラもパンする。現れたのはドームのミニチュア模型だった。〝世界を救うコンピュータ〟の置かれたあのドーム……。

『一〇八分ごとに必ずボタンを押さなければならない。警告音が鳴り始めたら、四分以内にマイクロコンピュータ・プロセッサにコードを入力する。君と君のパートナーがこの計画への参加が決定した時点で、コードを受け取ることになるだろう』

心なしか博士の表情が厳しくなった。

『警告音が鳴ったら、君か君のパートナーが絶対にコードを入力すること。交代制で行うことを強く勧める。そうすれば君たちは二人とも、可能な限り元気で感覚が鋭敏な状態でいられるだろう。最も重要なのは、警告音が鳴ったら正しいタイミングで正確なコードを入力することだ。くれぐれもコード入力以外の用途にコンピュータを使ってはならない。それがこのコンピュータの唯一の目的だ』

そこで一瞬コマ飛びのようにガクンと画面が揺れ、BGMが唐突に鳴り始めた。

『おめでとう。交代要員が到着するまで、この計画の将来は君の手中にある。デグルート、アルバー・ハンソ、ダーマ構想に関わるすべての人間を代表して君に感謝する。ナマステ』

博士は手を合わせるべきところで右手だけを胸の前に立てた。そういえばそれまで彼の左腕は一度も動いていない。手の表面にはどこか光沢もある。おそらく義手なのだろう。

『では、幸運を祈る』

〈ハンソ財団　一九八〇年〉という版権表示が出てフィルムは終わった。

ロックとジャックは無言で座っていた。何も映っていないスクリーンに目をすえたまま。

空回りするリールに気づき、ロックは映写機のスイッチを切った。ジャックが意見を求めて目を向けてくるのを感じながら、彼はスクリーンを見つめてつぶやいた。

「もう一度観る必要があるな」

フィルムを再びセットし直そうとすると、ジャックが言った。

「また観るつもりか？」

「君は観ないのか？」

「いいや、ジョン。僕は観ない」

すたすたとドームへ向かうジャックには構わず、ロックはフィルムを巻き戻し始めた。


「それではキャンティをもらおうか」

ロックがワインを注文するとウェイターがうやうやしく一礼して立ち去った。

暗黙のドレスコードがあるそのフレンチ・レストランには本物の大人の客だけが集い、静かなピアノ演奏をバックに食事を楽しんでいる。

ふと気づくと、ドレスアップしたヘレンがじっと見つめている。

「何だい？」ロックはぎこちない笑みを返した。

しばらくためらいを見せた末に、彼女はハンドバッグから小箱を取り出して、ロックの前にセットされている皿の上に載せた。金色の紙箱で同色のリボンまでついている。

「これは？」

「プレゼントよ。私たち、付き合い始めて今日で六ヵ月になるでしょ？　区切りの記念日みたいなものだから」

ロックは戸惑った。「私は何も用意してこなかった……」

「気にしないで。たった一ドルの贈り物だから」

ほほ笑みを返し、ロックは箱を開けてみた。中身は鍵だった。

「私の部屋のよ。毎回ノックするのも面倒でしょう？」

彼はすっかり感激してしまった。「ヘレン、何て言っていいか……」

ヘレンはうれしそうにうなずいたが、不意に真顔になった。

「ただし、条件がひとつあるの。泊まるときは、ちゃんと泊まってくれる？」

「どういうことだ？」

「ゆうべ、あなたのあとを尾《つ》けたの。あの邸宅まで」

ロックは言葉を失った。

「あれはお父さんの家でしょう？」

「なぜ尾けたりなんかしたんだ？　なぜ、そんなことを……」

「あなたが夜中にこっそり抜け出したりするからよ。何をしてるのか、どこへ行くのか、私はどうしても知りたかった。ジョン、あなたが心配だから」

ロックは彼女をじっと見つめ、冷ややかに言い返した。

「何をしようと私の勝手だ。個人的なことなんだよ。だから……」

そこまで言ったとき、テーブルの横にウェイターが立った。

「キャンティでございます」

「あ、ああ、ありがとう」動揺しながら答える。

ウェイターがコルクを抜き始めたにもかかわらずヘレンは続けた。

「私がどんな理由で怒り抑制セラピーに通ってるか、あなたは一度も訊こうとしなかったわね」

ロックはあわててウェイターを見上げた。「すまないが外してくれないか？」

「ジョン。私がセラピーを受けるのは父親のせいなの。とてもひどいことをされたのよ」

ウェイターが滑るようにテーブルを離れていく。

「ヘレン、何もここでそんな話を……」

「私は怒りで二十年間も人生を無駄にしてしまったわ。バカなこともした。本当にバカなことを。きっと乗り越えてみせるっていつも自分に言い聞かせてたけど、ひとりじゃ無理だった。助けが必要だったの。そして私を助けてくれたのは……あなたよ、ジョン」

その言葉を聞いたとたん、ロックの心は大きく揺り動かされていた。

「今度は私があなたを助けてあげたい。怖いのはわかる。でも、二人でいっしょに立ち向かえばきっとできるわ。だから、約束して。あの場所には二度と行かないって。お願い」

父親のことは忘れたい。怒りも忘れてしまいたい。それはロックの切なる望みだった。だが、いつまでもその一歩を踏み出すことができないでいるのも事実だ。ヘレンの言葉に思いをめぐらし、長い躊躇《ちゅうちょ》の末に彼はうなずきを返した。

「……わかった」

「わかってくれた？」

ロックは決意を示すために、もらった鍵を目の前にかざしてからポケットにしまい込んだ。温かい笑みに続いて交わされたキスはロックにとって心地よく、彼女の愛を実感できるものだった。たとえそこに痛みと恐怖がともなっていたとしても。

すっかり日が高くなり、頭上を覆う格子状のふたから晴れ渡った空が見えているが、そんなことに構う余裕もなく、ソーヤーは狭苦しい縦穴の底で質問を繰り返した。

「知ってることを教えろ。あいつらに何をされた？　いったい何者なんだ？」

だが、英語のわからないジンは首をひねるばかりだ。

「あいつら、だれ、だ？」

「〝アザーズ〟」ジンが答える。

今度はマイケルが勢い込んだ。「ウォルトはいるか？　ウォルト。見たか？」

ジンはかぶりを振った。

「やつらは何人いるんだ?」ソーヤーは質問を変えてみた。

「それじゃ、ウォルトは別の場所にいるのか?」同時にマイケルも訊く。

「おい!」ソーヤーはマイケルに怒鳴った。「ポイントをずらすな!」

「息子の件が一番のポイントだろ!」

「ポイントはおれたちが捕らわれの身で、あの原住民が今ごろ鍋のスープをぐつぐつ煮立ててるってことだぜ」そう言って再びジンに向き直る。「〝アザーズ〟、何人だ?」

ジンは韓国語で何ごとか言いながら手で目を覆ってみせた。

「そうか、目隠しをされてたんだな?」マイケルが察する。

「つまり、ジンが知ってる情報はおれたちと何ひとつ変わらないってことだな。やつらはことによると百人いるかもしれないわけだ」

ソーヤーはそう言い捨てて立ち上がった。こうなれば自分で確かめるしかない。

「押し上げてくれないか?」

「何だって?」

「おれを押し上げろ。外が見えるかどうか試してみよう。チューイーも頼むぜ」

ごつごつした土壁に両手をつくようにしてソーヤーが立つと、マイケルとジンが彼の脚と尻を持ち上げた。三メートル以上の高さにあるふたにどうにか手が届く。ソーヤーは負傷していないほうの右腕で格子状に組まれた丸太をつかみ、押したり揺さぶったりしてみた。だが開きそうにない。

「ふたの上に何か重しをしてるか、縛りつけてあるみたいだな。もう少し上げてくれ」

下の二人が力を込めると、ソーヤーの身体はさらに上昇した。彼は顔をできるだけふたに近づけて、格子から外の様子をうかがおうとした。

そのときだった。影が横切り、ソーヤーの顔の二センチ横に上から刃物が勢いよく差し込まれた。驚いた彼はバランスを崩し、底まで落下してしまった。

「くそったれ……」痛みをこらえて土の上に横たわったまま格子を見上げると、例の漆黒の大男がにらみつけるように見下ろしていた。

だしぬけに大男は止め具を外し、格子のふたを開けた。

「おまえは何者だ!?」ソーヤーが叫ぶ。

だが謎の男は答えず、代わりに大きな物体を放り込んできた。どさっと音を立てて穴の底に落ちたのは意識を失った人間だった。

即座にふたが叩き閉められ、大男はどこかへ行ってしまった。

ソーヤーたちは新たな捕虜を見やった。身体をくの字に曲げており、顔は髪に覆われていて見ることができない。マイケルが黒い髪をかき上げてみると女性だった。二十代後半で、おそらくはラテン系。頬には殴られたような傷がある。

「おい、大丈夫か?」

マイケルが呼びかけて身体を揺すったが、彼女は反応を示さない。

「水を与えたほうがいいな」

彼の提案にソーヤーは思い切り顔をしかめた。

「何だ、おれの知らない間に水を手に入れたっていうのか？」

口論が始まりそうになったとき、ジンが韓国語で何か言いながら女性を指さした。見ると彼女がうっすらと目を開けていた。彼らの姿を認めたとたん上体を起こし、おののいた様子で後ずさっていく。

「心配ない。安心してくれ」マイケルが言う。

捕虜の女性はおびえてはいるものの、気丈そうな表情で口を開いた。

「あなたたちは誰？」

「墜落事故でここに来た者だ」マイケルが答える。「私たちは飛行機に乗っていた。シドニー発のロサンゼルス行きだ」

「何ですって!?」彼女は心底驚いたようだった。「もしかして八一五便？」

今度は彼らが驚く番だった。

「あんたも乗客だったのか？」

「映画は何だった？」目をすがめて彼女が訊いてきた。「機内で上映してた映画よ」

ソーヤーはその意図を悟って言い返した。

「おい、おれたちを疑ってるのか?」

「だって私のまわりじゃ、ほかに誰も助かってないわ」

「もしかして後部座席にいたのか?」ソーヤーのの問いに女性が小さくうなずく。「おれたちは真ん中あたりにいたが、四十人生き残ってるぜ」

マイケルが目を丸くした。「後部にいて助かったのか? 空中で分解したんじゃ……」

彼女は顔をしかめた。「よくわからない。機体がもげたとき、誰かの固いスーツケースが頭の上に落ちてきて気を失ったから。気がついたら水の中だった。夢中で海面に浮き上がって岸まで泳いだの」

「ずっとここにいたのか?」ソーヤーは訊いた。「ひとりっきりで?」

「ジャングルや海岸にいたわ。食べ物を探していつも移動してた。それに誰かに会えるかもしれないと思って……。そしたらきのう、あの男たちに見つかったの」

マイケルが身を乗り出す。「やつらは何者なんだ?」

「私のほうが聞きたいわ」

「男の子を見なかったか? 十歳の子供だ。あいつらが息子を連れ去ったんだ」

女性は目を大きく見開いた。そうして残念そうにかぶりを振る。

「いいえ、見てないわ。ごめんなさい」

たちまちマイケルが落胆を見せる。

ソーヤーは立ち上がり、手を差し出した。彼女が握り返して起き上がる。

「私はアナ - ルシア」

「ソーヤーだ。彼はマイケル。そっちの無口な韓国人はジン」

捕虜仲間がそれぞれ握手を交わしたあと、ソーヤーは彼女に声をひそめた。

「あんたはちょうどいいところに来たぜ。もうすぐ最高の瞬間がやってくるんだ」

「どういうこと？」

「次に檻《おり》を開けに来たら、あの〝黒いジャガー〟は予想もしない歓迎を受けるってことさ」

そう言ってオートマチック拳銃を抜き出す。銃に視線を向けて唖然《あぜん》とするアナ - ルシアに、ソーヤーはとっておきの笑みを見せた。


ジャックはいらだちを抑えきれないままドームに歩み入った。

デスクではコンピュータのケースを開けて、裏側に回って身を屈《かが》めたデズモンドが細かいハンダづけ作業に没頭していた。

「君はあのフィルムの製作者とか、誰かに会ったか？」ジャックは訊いた。

「会ってたら、おれがここにいると思うか？」デズモンドは目も上げない。

「なぜ僕たちの墜落事故のことを知らないんだ？」

「一〇八分ごとにボタンを押してるから、外にはほとんど出ない」

「交代要員はどうした？」

デズモンドの口元に苦い笑みが浮かぶ。

「ケルビンはそれを待っているうちに死んだのさ」

「外にも出ずに、誰にも会わない……」その状況を想像し、ジャックは疑問をぶつけた。「食料はどこから手配するんだ？」

だが、デズモンドは答える代わりに「よし、いいぞ」とつぶやきながらデスクの反対側に回って基板に部品を取り付けた。

ジャックは彼のすぐ前まで行って問いつめた。

「本当に何かが起きると思うのか？」

「なぜ起きないと思う？」あっさりと返される。

問題の核心がなかなか衝《つ》けない。ジャックはしびれを切らし、自分の推理を口にした。

「ハッチの扉の内側にあった〈検疫隔離〉の文字。あれは君を怖がらせて、ここに閉じ込めておくための方便じゃないのか？　その証拠に、僕たちは島に四十日以上もいるのに病気になった者はひとりもいない。隔離する必要なんかないんだ。それなのに、このボタンに関してだけは真実だと信じられるか？」

こちらの高ぶった気持ちとは対照的に、デズモンドは表情も変えずに修理を続けている。ジャックはますますいらだちをおぼえた。

「君は疑ってみたこともないのか？　連中が君をここに閉じ込めて一定時間ごとにボタンを押させるのは、ただそれを観察するためじゃないかって？　ここにあるあらゆるもの……映画もコンピュータも、実はすべて心理操作の道具じゃないのか？　実験じゃないのか？」

デズモンドが手を止めて顔を上げた。汗に濡《ぬ》れてウェーブのきつくなった長髪の下から見つめる目はぎらついている。

「毎日だぞ。いったい何年こうしていると思う？」

確かに期間が長すぎるかもしれない。ジャックは反論できず、目をそらして部屋を歩いた。

ほとんど囁くような声でデズモンドが続ける。

「これが現実じゃなければいいと、おれだって願ってるさ。だが、ここが電磁気を解明するステーションだってフィルムで言ってただろ？　君はどうだか知らないがな、ブラザー、通路のコンクリートで埋められた場所を通るたび、おれは歯の詰め物が痛んで仕方がないんだ」

ジャックの脳裏に宙に浮かぶキーがよぎる。

かちりと音と立ててカウンターのフリップが下りる。残り四十九分。

デズモンドは大きく息をつき、コンピュータのケースのふたを慎重に閉めた。

「よし。これでいい」

そう言ってから胸で十字を切り、指を電源スイッチに伸ばす。

部屋の隅から眺めていたジャックも知らず知らずのうちに固唾《かたず》を呑んだ。

パチン。スイッチを入れたとたん火花が散り、あたりは真っ暗闇になった。

ジャックが驚いて拳銃を構えようとしたとき、非常灯が点灯した。薄暗い明かりに浮かび上がったのは、コンピュータを見下ろして立ちつくすデズモンドの姿だった。

「そんな……そんな……」彼は文字どおり頭を抱えている。

ジャックも煙を上げているコンピュータを呆然《ぼうぜん》と見つめた。

回していた映写機が突然止まったことに驚き、ロックはドームへと急いだ。

「何があったんだ？」

ドーム内は薄暗く、異様に静まり返っていた。装置類がすべて止まっているのだ。制御盤も記憶装置もオシロスコープも、ランプの点灯しているものはひとつもない。

コンピュータに目をやったロックは絶句した。煙が出ている。修理に失敗したのだ。とっさにデズモンドの顔を見やる。

彼は茫然《ぼうぜん》自失の顔で「おしまいだ……」とつぶやくなり、ドームから走り出ていった。

ロックは壁を見上げた。かちりとカウンターの表示が変わる。あと四十八分。

「〝おしまい〟とはどういう意味だ⁉」

震える声で問いかけながら、あわててデズモンドを追いかける。居住区画へ戻ってみると、ハッチの住人は貯蔵室でリュックに猛然と食料を詰め込んでいるところだった。

「電力は復旧できるんだろう？　どうなんだ、デズモンド!?」

彼は返事をしようともしない。

「何をしてるんだ？　出ていく気じゃないだろうな？」

デズモンドは無言で貯蔵室を飛び出し、寝室に向かった。そのあとをロックも追いかける。

「待ってくれ、デズモンド……」

聞く耳を持たない男はキャビネットから薬液瓶を、二段ベッドの上段から聖書とウサギのぬいぐるみを引ったくってリュックに放り込んだ。

「あのコンピュータなら修理できる。サイードが来るんだ。彼ならきっと……」

「がんばれよ」

そっけなく言うなりデズモンドは通路へと駆けていく。

「待つんだ！　頼む、行かないでくれ！」

デズモンドは振り向きもせず通路を左に走り、突き当たりの右側にあるエアロック扉のハンドルを回し始めた。

「どこへ行く気なんだ？」

「逃げられるところまでさ、ブラザー」

そう言って彼は扉の向こうへと消えた。ガラス窓から覗くと、二番めのエアロックを通り抜けていく。その後ろ姿をロックはただ呆然と見送るしかなかった。

気がつくと背後からジャックがやってきていた。

「いったい……われわれはどうすればいい？」ロックは切羽つまって訊いた。

ところがジャックは「何も」と首を振りながらエアロック扉を開けた。「僕たちは何もしないい。これは何ひとつ現実のことじゃないんだ」

まるで見捨てられた気分だ。ロックは足元から這《は》い上がる恐怖に飲み込まれそうになるのをかろうじてこらえて抗弁した。

「こんな……こんなはずじゃないんだ！」

扉の向こうで立ち止まったジャックが呆《あき》れ顔で振り返る。

「じゃあ、どうなるはずだったんだ？」

ロックは言葉に詰まった。答えなど持ち合わせていない。

「頼む、私ひとりを置き去りにしないでくれ」

扉に手をかけて必死に懇願するが、ジャックはただ肩をすくめた。

「じゃあな、ジョン。あとはひとりでやってくれ」

扉が目の前で閉まり、デズモンドと同じようにジャックも外へ出ていってしまった。

ロックはよろめく足取りでドームに戻った。

自我が粉々に砕けてしまいそうだった。答えを求めてようやくたどり着いたハッチ。それなのに待っていたのは、世界崩壊の危機だとは。その上、何もできずにただ手をこまねいてカタストロフを眺めるしかないのだ。

かちり。カウンターが047から046に減少した。

地下墓地のように静まり返った部屋で、ロックはとりあえずコンピュータのケースを開けてみた。何かせずにはいられないのだ。だが、何をどうしたらよいのか見当もつかない。デスクの上にばら撒《ま》かれた電子部品を震える指先で意味もなくもてあそぶうちに、視線が電源コードに吸い寄せられる。

そうだ。まず電源ラインを追ってみよう。

ところがコードに手を這わせたとたん、不用意に動かした肘《ひじ》が道具箱を押してしまった。床に落ちたスチール製の道具箱が大きな音を立て、入っていた工具が散乱する。

「なぜこんなことになった？　何が望みなんだ？　いったい……」

つぶやきながら道具を拾っていたが、感情がこみ上げ、ロックは天井を仰いで叫んだ。

「私はどうすればいいんだ！」

その声はドームに反響しただけですぐに消え失せた。あとには静寂だけが残る。

島は答えてくれない。何の〝しるし〟も見せてくれない。しがみつけるものなど、もはや何ひとつないのだ。

どうしようもない無力感の中でロックはむせび泣き始めた。

ベッドに横たわったロックは無言で天井を見上げていた。すぐ隣ではヘレンが満ち足りた様子で寝息を立てている。レストランで彼女の愛を確信し、過去を乗り越える勇気を得たはずだったが、やはりそれほど単純なものではない。

それでも何とか闘おうとヘレンの寝顔をすがるように見やった。このまま朝までここにいたい。心底からそう思うのだが、じわじわとあふれ出す不安感がそれを許してくれない。

気がつけばベッドを抜け出し、洗面台の前に立っていた。冷たい水で顔を洗う。鏡の中の自分の顔を見返して深いため息をついたとたん、裸の左脇腹に目が行く。腎臓摘出手術で残った真一文字の赤い線。

わずかに盛り上がった手術痕《あと》を指先で触ってみる。痛みが走った。耐え切れない心の痛み。

夜明け前、ロックはクーパー邸の門前に停めたビートルの中にいた。テイクアウトのコーヒーをすすり、ミラーに映る門を監視する。この作業を続ける間、少なくとも彼は平静を保っていられた。

突然、背後からヘッドライトが近づいてきた。次いでビートルの車体に衝撃が伝わる。なんと後続車が突っ込んできたのだ。驚いて振り向いたときにはセダンから運転者が降り立ち、ロックの横まで歩いてきた。

ヘレンだった。

ショックを受けて見ていると、彼女は窓から手を突っ込んでビートルのキーを抜き取った。

「何をするんだ、ヘレン？」

ベッドを飛び出してきたらしくスウェットの上下を着たヘレンは、素足のままですたすたと門に近づいていく。ロックはあわてて車を降りたが、追いつく前に彼女はキーを門の向こう側へと放り込んでいた。

ロックは頑丈な門扉の隙間《すきま》からクーパー邸の敷地内を眺め、啞然とした。

「なぜ……なぜこんなことを……」

振り返って抗議すると、ヘレンは硬い表情で腕組みをし、決然とした態度で口を開いた。

「彼は家から出てこないわよ、ジョン。あなたのことなんか気にもとめてないんだから」

「自分で言ってることがわかってるのか？」

「あなたがここに来る理由はわかってる。ここに通うのは、恐ろしいからよ。前に進むのが怖くて仕方がないんだわ。私と……二人でいっしょに進むことが。だからここで、安全な車の中で座ってるのよ」

ロックは彼女に背を向けた。ため息をつきながら門の中を見やる。

「私はもう我慢できないわ。今すぐ選んでちょうだい。彼か、私か」

戸惑いを隠そうともせず、彼は振り向いた。

「そんな単純なことじゃないんだ」

「いいえ、単純なはずよ。私と行きましょう、今すぐに。あなたの車なんか置いていくの。彼のことなんか忘れてしまうの。全部ここに捨て去って、私といっしょに行くのよ。ね？　お願いだから」

「私は……私は……できない。そんなことはできないよ」

再びロックは門に向いた。身を支えるように両手で鉄の格子をつかむ。

「あなたならできるわ」

「できやしない！」

彼は歯を食いしばり、門を揺すって怒りをぶつけた。涙が頬をつたう。

「どうやればいいか……わからないから……」

「それは、先のことがわからないからよ」ヘレンは励ますように言った。「でも、先のことなんか誰にもわかりはしない。崖の下は誰にも見えない。だから〝信じて跳ぶ《リープ・オブ・フェイス》〟のよ、ジョン。どうかひとりで苦しまないで」

門の鉄格子を片手で握り締めたままロックは振り向いた。

手を差し伸べているヘレン。

その手をじっと見つめる。格子から手が離れる。ゆっくりと彼女に近づき、その手を握る。

ロックはたちまち深い安堵《あんど》を感じていた。ヘレンの前で彼は〝信じる人間〟となっていた。

手を握り合ったまま静かに寄り添う。二人とも涙を流していた。ロックは低く囁いた。

「キーはどうしよう」

「私たちはいつだって新しいものを手に入れられるのよ」

ロックはほほ笑んだ。心から愛する女性に向けて。

東の空がほのかに明るくなり始めていた。


信じていたのに。ハッチに入ることが自分の宿命だと信じていたというのに。

ロックは暗いドームの中でうずくまり、すすり泣き続けた。涙は涸《か》れ、頬は乾いていたが、嗚咽《おえつ》はいつまでも止まらない。

「ジョン？」

聞こえた声に弾かれたように顔を上げる。ドームの通路側の戸口にケイトが立っていた。彼は室内が暗いことに感謝しながら、何ごともなかったかのように立ち上がった。

彼女のあとからハーリーとサイードが入ってきた。

「わお……」

「ここは何だ？」

二人は圧倒されたようにドームを見回している。

「ジャックはどこ？」ケイトが居住区画に首を伸ばす。

「彼は出ていった」答えてからロックはサイードに向いた。「君の助けが必要だ」

そして世界を救うための装置を指し示した。

ハーリーはサイードの指示を受け、ケイトとともに地下施設内を歩き回っていた。

「ねえ、どんな形なの⁉」

暗い通路をさまよいながらケイトが大声で訊いた。

「ブレーカーボックスだ！」ドームでコンピュータの修理に取りかかっているサイードから返事が返ってくる。「必ずどこかにひとつあるはずだから、コンジット・パイプをたどってみるんだ！」

しきりに壁を手探りするケイトを見ながら、ハーリーはひとりごちた。

「なるほど。簡単だな。……〝コンジット・パイプ〟って何だよ？」

それを聞きつけたケイトが壁や天井を走っている金属パイプを示した。

「この管よ。これをたどるの」

またしてもトラブルに巻き込まれたことを後悔しつつ、ハーリーは管を追うともなしにぶらぶらと居住区画に入った。引き戸のドアが開きっぱなしの部屋を見つけ、何の気なしに覗き込んでみる。たちまち感嘆の声が飛び出した。

「わお……」

「見つかったの⁉」通路からケイトが訊いてくる。

「何を探してるかによるな……」

「ちゃんと探してよ！」

ハーリーの目は室内に釘づけになっていた。

そこには食べ物が山ほどあり、誰かに食べられるのを静かに待っている。

彼は無意識にのどをごくりと鳴らした。


ソーヤーは計画を三人に説明した。

「いいか？　作戦はこうだ。まずジンが死んだふりをする。次にアナ－ルシアが大声で助けを呼ぶんだ」

「〝病気の捕虜〟作戦？」アナ－ルシアが顔をしかめた。「それ、本気？」

「気に入らないのか？　じゃあ、もっといい考えでもあるか、ダ、、、、ーリン？」

彼女は気分を害したように目をそらしたが、すぐに向き直って質問を口にした。

「どうやって手に入れたの？」

「何をだ？」

「その拳銃。機内には持ち込めないでしょ？」

「連邦保安官が乗り合わせてたのさ」

「保安官から偶然あなたが手に入れたの？」

「ああ。おれは運がいいんだ」

そう言い捨ててマイケルに向かう。

「なあ、マイク。おれの考えたとおりにやってみようぜ」

だが、アナ－ルシアはしつこく訊いてきた。

「あの男たちにつかまったとき、どうしてそれを使わなかったの？」

「棍棒で殴られるのに忙しくて、それどころじゃなかったんだ」

振り向いて答えたが、ソーヤーは頭の中で警報が鳴るのを感じた。アナ－ルシアは拳銃のことをやけに知りたがる。

「なぜ急に興味を持つんだ、かわいい子ちゃん？」

彼女はわずかに表情をこわばらせ、無言で見つめ返す。態度がどことなく怪しい。

「おい！」マイケルがいらだたしげに声を上げる。「そんなことより、早く始めよう」

「ちょっと待て……」

言いながらマイケルに視線を向けた、その一瞬の隙をつかれた。

顔に強烈な肘うちを食らい、思わず尻餅をつく。一瞬抱いた疑念が的中したことを思い知らされながらソーヤーが見上げたときには、アナ－ルシアが彼の拳銃を構えていた。

「みんな、下がって！」

タフな女警官よろしく完璧な実践射撃の構えで三人の男を牽制《けんせい》する。

マイケルもジンもただ驚き、身動きすらできない。

「出るわ！」

彼女が天井に叫ぶと、呼応するように格子のふたが開けられた。黒い大男の顔が現れたかと思うと、つたで作ったロープが投げ込まれた。

輪になったロープの端にアナ－ルシアが片足をかける。すぐに彼女は拳銃の狙いをつけたままの格好でするすると外に引き上げられた。

「何があった？　彼らは何者だ？」

大男が初めて声を発した。低音でアフリカ圏のアクセントだ。

だが、アナ－ルシアはそれに答えずに地面に立って穴の底を見下ろす。

殴られた痛みに顔をしかめ、ソーヤーが憎悪の視線で見上げると、ふたが再び叩き閉められ、大男と仲間の女は姿を消した。

穴の底にはただ沈黙がよどむだけだった。


ジャックはひたすらジャングルの中を走った。

起伏のある地面や草地を、スタジアムの階段を制覇するごとく全力で蹴り続ける。

はるか前方を走る人影が木々の向こうに見え隠れする。あのときは身体能力の差を歴然と見せつけられたが、今は違う。三年も地下施設にいたら体力の低下が著しいはずだ。

不意に人影が消えた。ジャックはさらに限界ぎりぎりまで速度を上げていく。

茂みが途切れ、空地が開けた。そこからがくんと大地が急傾斜している。見ると十メートルほど先の傾斜の下でデズモンドがうずくまっていた。どうやら転倒して転げ落ちたらしい。

散乱した荷物をリュックに戻し終えて再び走り出そうとする彼に拳銃を向ける。

「動くな！」

デズモンドが驚いたように振り向く。ジャックを認めた彼は表情をゆるめた。

「そうか。コードだろ？」

「何だと？」

「よく聞け。もし何らかの奇跡でコンピュータがもとどおり動き出したら、コードを打ち込むんだ。4、8、15、16、23、42。そして実行キーを叩け。もう一度言うぞ。4、8、15……」

ジャックは数歩前に進み出て遮った。「黙れ！」

「どうした？」男は怪訝な顔で口をつぐんだ。

「何も起きやしない。誰かに連れてこられてフィルムを見せられただと？　たったそれだけのことで、疑いもせずにボタンを押してきただと？」ジャックはわれ知らず、構えた銃口が震えるほど大声で叫んでいた。「この世界に、何も起きるもんか！」

だが、デズモンドはこともなげに言った。

「あと十五分もすれば、あんたの言い分が正しいかどうかわかるよ、ブラザー。おれを撃ちたいなら、勝手に撃て」

背中を向けようとする彼に、ジャックはこれ見よがしに銃を向ける。湧《わ》き上がる怒りやフラストレーションが臨界値を越え、狂ったように声を張り上げた。

「なぜ逃げようとする⁉　自分が何から逃げて《ランニング》いるかも知らずに！」

そのとき、デズモンドがかすかに眉をひそめたかと思うと、まっすぐに見つめてきた。

「あんたを覚えてる……走ってた《ランニング》」

ジャックは凍りついた。この話は続けたくない。だが、相手は構わずに続けた。

「思い出したぞ。確かに会ったことがある」

近づいてきた彼にジャックは銃を突き出した。「止まれ！」

デズモンドは止まらない。

「ロサンゼルスだよ。おれがトレーニングしてるときだ。あんたは足首をひねって……」

「やめろ！」ジャックは銃を構えたまま思わず後ずさった。

「あんたは医者だったよな？　女の子……そう、あんたは悩んでた。彼女を治せなかったと言ってたじゃないか」

ジャックは無言で抵抗しようとしていた。世界を救うコンピュータを動かしていたのが、知り合いの男だったなど、そんな偶然は信じたくない。宿命だの何だのがあってたまるか。

「あのときの、あんただろ？」

「関係ない！」ジャックはぴしゃりと言った。

「無事なのか？　あの女の子……」

「関係ない」唇が震えた。目頭が熱くなる。

「彼女はあれからどうなった？」

「だから関係ない」

「どうして関係ないなんて……」

ジャックは感情をぶちまけた。

「僕と結婚した！」

銃口を下ろしたとたん涙がこぼれた。嗚咽をこらえることができない。彼は逃げるようにデズモンドに背中を向けた。

しばらく沈黙が続いたあと、やがてデズモンドの穏やかな声が近づいてきた。

「そうだったのか……。でも、今はもう結婚してないようだな。そうだろ？」

視線を向けはしたが、かすむ視界の中で同情に満ちた表情を見せるデズモンドに、ジャックは返事もできない。

デズモンドは身をひるがえして傾斜を下っていった。そこで不意に振り向く。

「次の人生でまた会おう」

過去から現れた男はそう言って笑みを浮かべると、足元からリュックを抱え上げ、茂みの中へと走って消えた。

ジャックはその場に立ちつくし、真っ赤な目でぼんやりとあたりを見回した。

信じたくない。何かを、誰かを、何の確証もなしに信じることなどできない。不用意に妄信すれば、きっと手ひどい裏切りにあう。

そう、あんな気分を味わうくらいなら、何も信じないほうがいい……。

だが、世界崩壊へのカウントダウンは容赦なく進んでいた。


壁のカウンターの表示が、005・00となった。残り五分だ。

腕組みしながら落ち着かない気分でドームを歩き回るロックは、サイードを見やった。

「直せそうか?」

テクノロジー方面に明るいイラク人は基板と格闘する手を休めずに答える。

「あと五分で直せたら、おれも大したもんだな」冗談とも本気ともつかない口調だ。「誰かマザーボードを交換してくれた者がいるが、電源トランスが破壊されていた」

黙々と部品を選ぶ彼にロックは質問した。

「君はこれの理由を知りたくないのか?」

「壁のカウンターが何かに向けてカウントダウンし、ゼロになる前にコンピュータを修理しなければならない。今はそれだけで十分だ」落ち着き払った顔を上げる。「無事にこれが終わったら、理由は君が説明してくれるんだろう?」

作業に戻る彼を見て、ロックは感銘を受けながらため息をついた。

「ジャックもそういう考え方をしてくれるといいんだが」

「彼はどう考えているんだ?」

「ここにあるすべてが現実でないと思っている」

現実主義者の元イラク軍兵士は肩をすくめるだけだった。

そのときだしぬけに電力が復旧した。ドームに明かりがともり、室内の装置という装置が息を吹き返し、無数のランプが激しく明滅を始める。

「見つけたわよ!」

ブレーカースイッチを探し出してオンにしたケイトが得意満面でドームに戻ってくる。ハーリーも姿を現した。

三人が見守る中、サイードが新たな部品をつまみ上げたとき、音が響いた。

プッ……プッ……プッ……。

「何だ、この音?」ハーリーが不安そうにつぶやく。

四人の目がカウンターに注がれる。四分を切り、秒数表示が動き出していた。

「サイード!」

思わず急《せ》かすロックに、サイードはいらだたしげに返事した。

「今やってる!」

「もしあれが……」

「やるべきことはわかってる!」

あわただしく手を動かす彼とカウンターを、ロックはなすすべもなく交互に見やっていた。

ついに三分を切ったとき、サイードがケースを手に取った。

「プロセッサを再接続し、電源トランスを交換した」

口に出して確認しながらケースを閉じた彼は、横に置いてあるディスプレイについている電源スイッチに指を伸ばした。オンにする。一瞬ののち、画面にプロンプトが現れた。

「電源が入ったぞ」ロックは快哉《かいさい》を叫んだ。

サイードがすばやく立ち上がり、デスクの前の場所を空ける。

「次はどうするの?」とケイト。

「コードがあるんだ。あの男が口頭で言って私に押させた」言いながらカウンターを見る。

002・50。

「それを覚えているか?」サイードが訊く。

「ああ」ロックはコンピュータの前に座った。「私は数字に強いんだ」

「え、数字?」離れて見ているハーリーが弾かれたように訊いた。

それには構わず、ロックは読み上げながらキーを押した。

「4、8……」

「ちょっと待ってくれ」ハーリーがあせった様子でデスクに近づく。

「15、16……」

「ダメだよ、おたく。その数字はダメだ！」

騒ぎ立てるハーリーをロックは一喝した。

「ヒューゴ！　今はそんなことを言ってる場合じゃないんだ！」

「おれはそんな場合だと思う！」

「23……」彼を無視してキーを押し続ける。

「これはいったい何なんだ⁉　何をするコンピュータか知ってるのか、おたく⁉」

「32」ロックは六つめの数字を入力した。

それを聞いたハーリーがにわかに肩の力を抜いた。

「32……？　あれ、そうなの？　32ならいいよ。続けてくれ」

ロックは画面を眺めた。4　8　15　16　23　32。

あとは〈実行〉キーを押すだけだ。カウンターを見上げる。

002・30。

一〇八分前にしたのと同じように、キーの上に指を載せる。そのとき声が聞こえた。

「32じゃない」

ハッと顔を上げると、ドームの入り口にジャックが立っていた。戻ってきたのだ。

「42だ。彼がそう言った。デズモンドが。最後の数字は42だ」

汗ばんだ彼の顔を見すえ、ロックは訊いた。「確かだな?」

「ああ、確かだ」険しい顔でジャックが答える。

背後でハーリーが肩を落としたのには気づかず、ロックは32を消去し、42と入れた。

今度こそ〈実行〉キーを押すのだ。だが、その直前に彼は気が変わった。このボタンは自分には押すことができない。

プッ……プッ……プッ……。

警告音が入力をうながし、三人が息をつめて彼がキーを押すのを待っている。

002・15。

ジャックはドームから出ていこうとしている。ロックはその背中に命じた。

「君がやれ、ジャック」

「何だって?」呆れたように彼が振り返る。

ロックは立ち上がり、ジャックに近づいた。「君がやるんだ」

「自分でやれ、ジョン」彼も近づいてくる。

二人はドームの中で顔をつき合わせた。

「君もフィルムを観たじゃないか、ジャック。これには最低でも二人の人間が必要なんだ」

サイードが硬い口調で遮る。「そんな議論は今は必要ない」

イラク人はデスクに近づいてキーボードに手を伸ばした。

「サイード、よせ！」止めたのはジャックだった。「やめておけ。これは現実の話じゃない」

ジャックの視線がロックに向く。

「君はボタンを押したいんだろう？　だったら君ひとりで押せ」

「これが現実じゃないなら、なぜここにいる？」ロックは矛盾を突いた。「なぜ君はわざわざ戻ってきたんだ、ジャック？　なぜ君はそれほどまでに目の前にあるものを信じない!?」

「そっちこそなぜそんなに簡単に信じてしまうんだ!?」

「簡単じゃないさ！」

怒鳴り合った二人は、黙り込んで互いに相手をにらみつけた。

訪れた静寂の中で鳴り続けている警告音が急にトーンを変えた。

ビーッ……ビーッ……ビーッ……。

カウンターの残り時間が一分を切ったのだ。

「あなたが押したほうがいいんじゃない？」ケイトがジャックに提案した。

「断る」彼はこわばった笑みを返した。「意味のないただのボタンだろう？」

ジャックの強硬さに、ロックは急に足元から大地がなくなっていくような不安を覚えた。自分だけでは背負いきれない恐怖がふくれ上がり、わずかに目がうるみ始めた。

「私ひとりじゃ無理だ、ジャック……ひとりでやりたくない……」

意地をかなぐり捨てて本音を吐露するロックを、ジャックがまじまじと見返す。

「〝信じて跳んで〟ほしいんだ、ジャック」

ジャックが肩越しにカウンターを見やる。

０００・２７。

ロックを再び一瞥してから、彼はゆっくりとデスクに歩み寄った。サイードと入れ代わりにコンピュータの前に立ち、画面の数字を特に感情も表さずに見下ろす。

ビーッ、ビーッ、ビーッ……。

警告音の間隔が急き立てるかのように短くなった。タイムアウトまで十秒を切ったのだ。

ジャックは身体を揺すり、わずかに顔をゆがめながら無造作に〈実行〉キーを押した。

警告音が止まり、カウンターが０００・０１で停止した。

静寂。何も起こらない静寂。そして静寂。

唐突にカウンターがゼロになったかと思うとフリップがめまぐるしく回転し、やがてリセットされて静止した。

１０８・００。

誰もが押し黙り、その数字を見上げる。

ロックは深い安堵の吐息とともにジャックを見やった。

ジャックは何も言わずに短く見返すや、デスクを離れる。

ロックはコンピュータの前に静かに座って宣言した。

「私から交代制でやろう」

疲れをにじませたジャックの背中がドームから出ていく。

異様な静けさに包まれた室内で、ケイトもサイードもハーリーもただ立ちつくすばかりだ。

かちり。カウンターだけが自らの役目を着実に果たし、107・00を示した。

第29章
憂鬱な仕事
Everybody Hates Hugo

ヒューゴ・〃ハーリー〃・レイエスは貯蔵室の中央で立ちつくしていた。

スチール棚にぎっしりと並んだ食料の数々。あふれ返る箱、瓶、缶、袋の中身はすべて口に入れられるものなのだ。いったいどれほどあるかわからない。

手始めにチョレートバーを缶箱から取り出してかぶりついてみた。感動的だった。四十五日間にわたる貧しい食生活に慣れた身体には毒にも思えるほどうまい。カカオのエクスタシーが頭から足先まで貫く。

次いでハーリーはポテトチップスの大袋に手を伸ばした。誰に見つかろうが、叱責《しっせき》されようが構わない。理性などもうどこかへ吹き飛んでいた。

チップスを口に押し込んだあとは、甘いシリアルをほおばり、牛乳をパックから直接のどに流し込む。ダンボールを開けると、なんとリブロース・ステーキが顔を出した。唾液腺《だえきせん》のダムが決壊し、手づかみでむさぼり食う。肉だ、本物の牛肉。彼は今にも泣きそうだった。

デザートはバナナ・スプリットだ。バニラアイスをスプーンいっぱいにすくい取って口に送り込む。冷たいアイスがとろけ、ハーリー自身の心もとろけた。

「やあ、ハーリー」

突然かけられた声にぎくりとして顔を上げる。

食品貯蔵室の戸口に、陽気な笑みを浮かべたジンが立っていた。

「ジン？　おたく……ここにいたの？」いかだで出航したはずなのに。

「このとおりいるさ」韓国人がオーバーな仕草で両手を広げる。

ハーリーは不意に違和感を覚えた。なぜか彼と会話が成立している。

「おたく、英語を話せるのか？」

ジンは呆《あき》れたようにかぶりを振る。「君が韓国語を話しているんじゃないか」

「おれが？」驚いたことに自分の口から韓国語が飛び出た。

笑ったジンは隣にいる男と肩を組んだ。見覚えのあるパキスタン人だった。ニワトリのコスチュームを着ている。フライドチキン店のマスコットだ。

「なんで彼がここに？」ハーリーは驚いて立ち上がった。「おまけにチキンの格好で……」

「すべては変わってしまうんだよ」

急に真顔になってそう言うジンを、ハーリーはまじまじと見つめた。「え……？」

「すべては変わってしまうのさ。それではチキンで楽しい一日を、ヒューゴ」

プッ……プッ……プッ……。

ニワトリ姿のパキスタン人がまばたきした。そのたびに目から警告音が出る。

いったい……。何が何だかわからなくなったとき、パキスタン人がケイトの声で叫んだ。

「ハーリー！」

……そこで目が醒《さ》めた。

突っ伏していたデスクから身を起こす。目の前にはコンピュータ。その向こうでは壁のカウンターが003・44から003・43に変わった。

どうやら居眠りしてしまったらしい。だが、きのうハッチに来てから丸一晩眠らずにここにいるのだ。眠くならないほうがおかしい。

「ハーリー。寝てたの？」

ドームの入り口から近づいてくるケイトにあわてて首を横に振る。

「いや、目を休めてただけだよ」

ケイトは呆れ顔でディスプレイに貼《は》られたメモ用紙を指で弾いた。

「コードはここに書いてあるわよ」

「ああ。覚えてる」

忘れたくても忘れられない数字を入力する。

「ロックは海岸に戻ったから、次は私が交代するわね」

「それはすてきだな」なげやりに返事をしておく。

「ジャックからあなたの仕事のことは聞いたわ」彼女は憐れむ笑みを投げかけた。「とにかく、私たちはまた仕事にありつけたってわけよ」

彼から一方的に言い渡された〝仕事〟のせいで、さっきみたいな奇妙な夢を見たのだ。

「まったくありがたいね」

ハーリーは答えながら〈実行〉ボタンを押し、カウンターがリセットされるのを眺めた。

朝の光が格子の隙間《すきま》から射し込むのを苦々しく見上げながら、ソーヤーは吐《は》き捨てた。

「人生は何とも素晴らしいじゃないか」

マイケルは答えない。水も与えられずに狭い穴ぐらの底で一夜を明かしたあとでは、返事をする気にもなれないのだ。

ジンのほうはしきりに土壁を登る仕草をしながら韓国語をまくし立てる。

「いや、やらない」ソーヤーは首を振った。「人間ピラミッドはもう無駄《むだ》だ」

「あきらめる気か？」おそらくそんな意味のことをジンが言う。

「もう七回もやってるんだぜ。腰を打つのはもうごめんだ。忘れろ」

膝《ひざ》を抱えていたマイケルが急に立ち上がった。

「おーい！　おーい！　ここから出せ！」

ソーヤーはその声にいらだった。「いい加減にしろ！　ちっとは静かにしたらどうだ！」

「ここにいる限り、息子を助け出すことはできないんだぞ」

「わかりやすく教えてやろうか、マイキー？　あの女ランボーと愉快な仲間たちはおれたちの処遇を考えてる最中なんだ。やつらが決定を下すまでは、こっちは手も足も出ないのさ」

「そこまでわかってるなら、あの女の正体も教えてくれ」

「簡単だぜ。あの女は乗客か、やつらの一味。二つにひとつだ」

マイケルが鼻を鳴らして顔をそむける。

しばらくしてジンが心配そうにソーヤーの左肩を指さして何ごとか指摘した。手当てをしていない銃創はずっと感染の危険にさらされている。

「そうだな」ソーヤーは服の裂け目から傷を見やった。「小便でもかけてくれるか？　いや、無理だな。もう二十四時間以上、一滴の水も飲んでいな……」

だしぬけに頭上でふたが開けられ、ソーヤーは言葉を切った。

三人が立ち上がって見上げると、アフリカ系の大男が立っていた。彼はツタで作ったロープを投げ込んでくるなり、ジンを指さした。

「ロープをつかめ」

ジンがためらっていると、男は静かに付け加えた。

「お願いだ」

ソーヤーはかぶりを振った。「ジン、やめとけ」

そのときアナ－ルシアが姿を現し、拳銃でマイケルに狙《ねら》いをつけた。

「ロープをつかまないと、お友だちを撃つわ」

脅しを理解したジンは目を大きく見開き、戸惑いの視線をマイケルに向ける。

「大丈夫だ」マイケルがうなずく。「行け」

ロープの輪に足をかけたジンが引き上げられ、穴を脱出する。アナ－ルシアは銃口をソーヤーに向けながらマイケルに命じた。「次はあなた」

「よせ」ソーヤーは横から言った。「あいつは撃たない。弾は残り一発しかないんだぜ」

とたんに石つぶてが飛んできてソーヤーの頭を直撃した。痛みでうずくまる。

「くそっ……このアマ……」

「弾は一発だけど石はいくらでもあるわ。早くロープをつかみなさい」

マイケルがするすると引き上げられるのを、ソーヤーはなすすべもなく見つめた。見下ろしているアナ－ルシアと目が合う。

「おれが欲しいんだろ、ホット・リップ？　だったら、こっちに下りてこいよ」

彼女からの返答はふたを叩き閉める音だった。

少なからずショックを受けたソーヤーは、穴の外に誰もいなくなってからようやく言い返した。

「クソ女……」

チャーリーは海岸からモクマオウの林に少し入ったところでロックの姿を見つけた。手作りのハンモックで眠っている。

「ロック？　……ちょっといいか？」

だが小さくいびきをかいているハンターの男は目を開ける気配がない。

チャーリーは情報収集をあきらめ、ぶらぶらとクレアのもとに歩いていった。彼女は授乳を終え、揺りかごですやすやと眠るアーロンを薄手の毛布でくるんでいるところだった。

「よく眠ってるな」

「長い夜だったもの。この子だけじゃなくて、私たちみんなにとって……」

チャーリーは手製のスリングを慣れた手つきで肩から下げ、両手を差し出した。

「ほら。おれが抱っこしよう」

クレアは赤ん坊を抱き上げてためらっている。誘拐事件がまだ尾を引いているのだろう。

「大丈夫だよ、クレア。おれが責任をもって見てるから。少しは自分のために時間を使えよ」

「……じゃあ、ちょっとだけ」

頬《ほお》をゆるめた彼女から、チャーリーは赤ん坊を抱き取った。

「よちよち、ターニップヘッド。いっしょに行って、ロックおじちゃんをおっきさせよう」

「寝かせておいてあげたら？」

「だけど、ハッチのことを聞きたいじゃないか」

「ジャックに訊《き》けばいいじゃない」

「ずっと姿が見えないんだ。ケイトもサイードもハーリーも見当たらない」

「あら、ハーリーならあそこにいるわ」クレアは波打ち際を遠く指さした。

見ると、巨体の青年が海水で顔を洗っている。チャーリーはアーロンを抱いたまま勇んでそちらに向かった。


ハーリーは名前を呼ばれて振り返った。赤ん坊を抱いて足早に近づいてくるチャーリーを認め、たちまち逃げ腰になる。質問攻めにあったら秘密を守れる自信がない。

「よう、相棒」チャーリーが気さくな調子で言った。「ちょっと話をしよう。ここにいるのはあんたとおれと赤ん坊だけだ。心配いらないから打ち明けろよ」

「打ち明けるって、何を？」

「ハッチだよ。中に何があった？」

ほら、きた。ハーリーは気が滅入り、「ええと……別に何も。本当さ」と答えつつ目をそらし、さっさと歩きだした。だが、チャーリーもついてくる。

「あんた、あそこに一晩中いたんだろ？　なのに何も見てないっていうのか？」

「地下壕みたいなもん……じゃないかな」仕方なく白状した。「第二次大戦のときにあったみたいな……もっと新しいけど……」

「そこには何があるんだ？」

食料のことは絶対に明かせない。争いのもとを自分が作りたくはなかった。

「おれはよく知らないんだ」

「でも、地下壕だと知ってるじゃないか」

「そうだけど……誰かにそう教わっただけだから」

へたな言い訳に、案の定チャーリーが嚙《か》みついてきた。

「おれに嘘《うそ》をつくのか？　おればかりじゃない。この無邪気な赤ん坊の前でよくも嘘なんか！」

「なあ、おたく、おれは嘘なんかついたことないよ」

「よく言うぜ！　資産が一億五千万ドルだなんて大ボラ吹いたくせに！」

「一億五千六百万だよ」

「ああ、そうかい、そうかい！　おれの資産が九百兆ドルなもんだから、細かい額を間違えたよ！　じゃあ、おれとこのチョコアイスでできた赤ん坊はもうこれで失礼する！　背中の羽根を広げて島を飛び立たなきゃいけないからな！」

かんかんになって去っていく彼の姿を、ハーリーは憂鬱《ゆううつ》な思いで見送った。

ハーリーは頬の痛みで意識を取り戻した。

「ヒューゴ！　しっかりおし！　目を開けるんだよ！」

母親が顔を覗《のぞ》き込み、頬を何度も叩いている。

ハーリーは瞬時に思い出した。ここは自分の家で、さっきまでチキンを食べながらテレビ番組〈メガ・ロト・ジャックポット〉を観ていて、自分のロトくじの番号が大当たりだと知ったとたんに目の前が暗くなったのだった。

「やめてよ、ママ」叩き続ける母親を遮り、彼は起き上がった。「足を滑らせただけだよ」

「ソファに座ってて、どうやって足を滑らせるの？　心臓じゃないだろうね？　あんたの動脈には脂肪がいっぱいだから、それで……」

「大丈夫だってば」

言いながら目をそらすと、たちまち母親の目つきが鋭くなった。

「隠し事をしてるね？　あんたがそうやって目をそらすときはきまってそうなんだから」

「何も隠してなんかいないよ」

「じゃあ、何があったか言ってごらん」

ハーリーはとっさに当たりくじを手のひらの中に隠していた。

「きっと、何か悪いものを食べたんだ」ありったけの意志を振り絞って嘘をつく。

「ああ、そうだろうよ」母親は不機嫌な顔になった。「あんたはジャンクフードばっかり食べて、ちっとも運動しないから」

「運動してるってば」

「部屋でひっくり返るのは運動じゃないんだよ！」

呆れるように言うと彼女は立ち上がり、ソファの背に両手をついて息子をにらんだ。

「あんたが身体を動かすのは、バケットからチキンを取り出すときだけ。毎日同じじゃないか。仕事、テレビ、チキン。仕事、テレビ、チキン……。生活を変えなきゃダメだよ、ヒューゴ」

ハーリーはくやしさに口を曲げ、母親を見上げた。が、何も言い返せない。

「それとも、誰かが変えてくれるとでも思ってるのかい？　毎晩お祈りすればイエスさまが現れて、百キロ痩《や》せさせた上にかわいい女の子を与えてくださるかい？　イエスさまだったら、新しい車もつけてくださるだろうよ！」

彼は目を伏せ、そっとつぶやいた。

「おれは変えたくなんかないよ。今の生活を気に入ってるから……」

ため息をもらしながら母親がかぶりを振ったとき、キッチンで電話が鳴った。

「きっとイエスさまから電話だよ」

彼女が部屋を出ていくなり、ハーリーはくしゃくしゃになった小さな紙切れを広げてみた。
4　8　15　16　23　メガ・ナンバーの42。
間違いなくテレビのロト・ガールはこの番号を告げた。もしかするとママの言うとおり、イエスさまが降りてきてくれたのかもしれない。けれども、当たりくじを見つめていると気分が沈んでしまう。それはたぶん否応なくすべてが今とは大きく変わってしまうから……。

キッチンから母親が叫ぶ。「イエスさまから電話だよ！　車は何色がいいかってさ！」

ハーリーは広い肩を落とし、ため息をついた。


砂浜を歩いていくと、ローズが洗濯しているのが見えた。

ハーリーはその五十代後半の黒人女性に近づいていった。気分が晴れないときは彼女と話をすると何となく落ち着く。年回りが自分の母親に近いからかもしれない。

「やあ、ローズ」

シャツやズボンがひるがえる導線コード製の干し場から声をかけると、木枠に防水シートを張った洗濯場でシャツを手洗いしている彼女が顔を上げた。「あら、元気？」

「洗濯してるのかい？」

「そうよ。ねえ、そこの汚れ物を取ってちょうだい」

ハーリーは足元から衣服の詰まったスーツケースを拾い上げ、彼女に持っていった。

礼を言って受け取ったローズはハミングしながら洗濯を続ける。しばらくそれを見ていたハーリーは問いかけた。

「知りたくないの？　何が起きてるか」

「何か起きたの?」

「ほかのみんなはおれにハッチのことを訊いてくるよ」

ローズは肩をすくめる。「それはあなたたちの問題だもの。私には関係ないわ」

「でも……知りたくないのかい?」

「だって、それを知ったからって洗濯が早く終わるわけじゃないでしょ?」

それを聞いたとたんハーリーは、ハッチに洗濯機と乾燥機があったことを思い出し、ローズを巻き込むことを思いついた。ジャックに任された憂鬱な仕事も、彼女がいっしょなら少しは気分が軽くなるかもしれない。

「洗濯も早く終わるかも」彼は言った。

きょとんとする彼女を連れてハーリーはジャングルへ入っていった。


クレアは〈キャンプ〉の海岸から少し離れた砂浜までのんびりと散歩を楽しんだ。波打ち際をくるぶしまで濡《ぬ》らしながら歩き、明るい太陽の下で新鮮な空気を胸いっぱいに吸い込んで、育児からのつかの間の解放感を味わう。

心地よい潮風にほつれた前髪をかき上げたとき、海面で何かが光るのが見えた。緑色をしたガラスのようなものだ。

漂着物かしら。いぶかしんだクレアは海に入っていった。波に膝まで洗われながら浅瀬を進み、漂っているものをつかみ上げる。コルク栓のついた空のワインボトルだ。ガラスを通して見える中身に気づくや彼女は息を呑《の》んだ。丸めた小さな紙切れがぎっしり詰まっている。いかだに乗せて託したみんなの手紙だ。

思わず海を眺めやる。水平線まで見渡しても、いかだは影も形もない。途中で落としてしまったのだろうか。それとも……。

湧《わ》き上がる予感におののき、クレアはボトルを持って急いで〈キャンプ〉へと引き返した。


ジャングルを延々と歩き、巨体のハーリーと年配のローズの息がすっかり上がったとき、ようやく目指す場所に到着した。彼が目の前に立ちふさがるツタに覆われた岩壁を指し示すと、ローズは疑わしそうな目で眺めた。

ハーリーはビーズカーテンの要領でツタをかき分けた。そこに忽然《こつぜん》と木製の扉が現れる。それを引き開けて後ろに手招きすると、ローズは目をぱちくりさせながらついてきた。

扉をくぐり抜けた先はトンネルになっている。かなりきつい下り傾斜がついていて、どこまで行っても薄暗い。

「足元に気をつけて」

ハーリーが注意するまでもなく、ローズはあたりを見回しながら、おずおずと一歩一歩を踏み出している。すっかり肝をつぶしている様子だ。

やがて傾斜路が鋭くL字に曲がり、最初のエアロック・ドアに到着する。そこを通り抜け、次のエアロック・ドアを入ると、二人は地下施設の通路に立っていた。

がらんとした通路を奥まで見通し、ローズは立ちつくしている。そして感に堪えないようにつぶやいた。

「ここに誰かが住んでたの？」

「まあね」

「何のために？」

「それは……話すと長くなるんだ」

そのとき通路に声が響いた。「ハーリー！」

ローズが飛び上がるほど驚く。ハーリーが見やると、ジャックが居住区画から出てきて顔をしかめていた。

「ほかには誰に喋《しゃべ》った？」

「誰にも……。誓うよ」ハーリーは彼の詰問口調にたじろぎながら答えた。「なあ、おたく、例の〝仕事〟は手間がかかるだろ？　だから彼女に手伝ってもらおうと思って」

「こんにちは、ジャック」ローズが彼の巨体の後ろから顔を出して手を振った。

「やあ、ローズ」ジャックも挨拶《あいさつ》を返す。

ハーリーはジャックに近づいて囁《ささや》いた。

「彼女なら安心だよ。絶対に誰にも言わないから」

内緒話はローズに筒抜けだったようで、彼女は施設内を呆然《ぼうぜん》と見回しながら言った。

「誰かに言おうにも、どう言っていいのかわからないわ」

ハーリーたち三人は食品貯蔵室へと向かった。ジャックが引き戸を開けて電灯のスイッチを入れると、ローズが足を踏み入れ、すぐに唖然《あぜん》としたように室内を見渡す。

「これ、全部食べ物なの……？」

「このことがみんなに知れ渡るのも時間の問題だろうな。大量にあるように見えるが、実はそうでもない」ジャックが指摘した。

「それでもきのうまでに比べたら、ずっとたくさんよ」

「それで、どうする？」

ジャックにそう質問され、ハーリーは食料管理の〝仕事〟にため息をつきながら答えた。

「在庫を調べて、長くもたせる方法を考える」

「それが終わるまでは誰にも手を触れさせるな。例外はなしだ。君の責任で頼むぞ、ハーリー」

たちまち暗い気分になる。機体から回収した食料を管理したときもそうだった。こっそりと便宜を図ってもらい、自分だけ手に入れようとする人間は必ず出てくるものだ。

「でも、何ていうか、それは意味がないんじゃないか？」ハーリーは反論を試みた。「いかだのメンバーがすぐに救助隊を連れてくるだろ？　そしたら食糧問題なんか解決さ」

「そうだな。……だが、念のためだ。とにかく例外はなしにしよう」

ハーリーがなおも食い下がろうと口を開けたとき、警告音が鳴った。

プッ……プッ……プッ……。

「あれは何？」ローズがうろたえる。

「知らないほうがいいよ」ハーリーは言った。「ジャック、行かなくていいのか？」

警告音が止まる。

「サイードが担当してくれているんだ」

言いながらジャックは出口に向かった。行きがけにチョコレートバーを一本つかむ。

「ちょっと、おたく。それって……おれを試してるのか？」

「ああ。君は合格だよ」

ジャックは笑いながらチョコをかじり、そのまま立ち去った。

憮然《ぶぜん》とした思いでそれを見送ったが、とにかくハーリーは在庫調査を始めることにした。

クリップボードと紙と鉛筆を見つけ出し、ローズと手分けして品名と数量を記入していく。地味で単調な作業だが、BGMとして流している〈ドリフターズ〉のレコードがせめてもの慰めだった。

気乗りのしないまま片っ端から記録していくと、チョコレートバーの缶箱があった。ジャックが持ち去ったのと同じものだが、パッケージを見てハーリーは首をひねった。

「〝アポロ・バー〟？　こんな商品名、聞いたことある？」

「ないわ」ローズが作業しながら答える。「でも、チョコレートバーならどれも同じよ。バーナードがいつもそう言ってる。あの人、本当に甘い物好きなの」

「バーナードって、旦那さんだった人？」

「今も夫よ」

「でも、飛行機の後部に乗ってたんだろ？」そこで口を滑らせたことに気づく。「あ、ごめん、そういう意味じゃ……」

「いいわ、気にしないで。バーナードは無事よ。私にはわかるの」

墜落時に空中でもげた機体後部は、ばらばらに分解したに違いない。それでも夫の生存を信じて疑わない彼女を気の毒に思い、同時に彼女の変わらない気持ちを羨《うらや》ましくも感じる。

曲に合わせて小さくハミングしている彼女にハーリーは訊いた。

「何だか気分がよさそうだね」

「そう？」彼女はほほ笑む。「私は決めてるのよ。天の恵みは喜んで受け入れようって」

「天の恵みって、この食べ物のこと？」

「この四十六日間、魚とマンゴーだけだったのよ。これが天の恵み以外の何だっていうの？」

しばらく黙ってそれを考えたハーリーは、ぽつりと言った。

「おれ、きっとみんなから嫌われるよ、ローズ」

彼女は驚いた顔を上げた。

「何言ってるの？　バカね。この島でみんなから好かれてるのは、あなたぐらいのものよ」

「でも、みんな態度を一変させるよ」

ローズがかぶりを振って何か言いかけたとき、貯蔵室にケイトが飛び込んできた。

「ねえ、ここにシャンプーとかない？」

「あそこにあるわ」ローズが鉛筆で棚の上を示す。

ダメだ。例外は認めないんだから。そう思いながらハーリーは口を開いた。

「あのさ、ケイト。それを持っていくのは……」

「ありがと、ハーリー」

シャンプーと石けんを手にしたケイトは耳も貸さず、スキップでもするような勢いで部屋を飛び出していった。

ハーリーがローズに不服の視線を向けると、彼女は肩をすくめてみせた。

「たった一本じゃない？」

「そこから始まるんだよ」

ハーリーはうつむき、在庫調べに戻ることにした。

仕事中の〈ミスター・クラック〉でも、ハーリーは気がそぞろだった。フライドチキンを注文する客が途切れると、ロトの当たりくじをポケットからそっと取り出しては眺める。そして、こうしてファストフード店でわずかな時給を稼ぐ自分の身に思いをめぐらせてしまう。

「おい、どうかしたのか?」

声に驚いてくじをポケットに戻す。同僚のジョニーが心配そうに顔を覗き込んできていた。ニワトリのイメージ・キャラクターのプリントされたシャツと黄色いサンバイザーという同じ格好をしているが、彼はハーリーとは好対照だ。ひょろ長いジョニーと二人で並ぶと、お互いが相手の体格を否応なく引き立てることになる。

「ああ……。大丈夫だよ」

ハーリーはそう答えた。とても心苦しいが、くじの件は親友のジョニーにも言えない。

「ホントに大丈夫か? だっておまえの顔ときたら、まるで……」

彼の言葉は店の奥から聞こえた怒鳴り声に遮られた。

「レイエス! 事務所へ! 今すぐだ!」

ハーリーが行ってみると、倉庫の一角を仕切った〝事務所〟のデスクに、粘着質で口うるさい店長のランディが座っていた。

「私に何か言うことはないか、レイエス?」

「え? いえ……別に」

「本当にないのか？」

「はい……」

ランディはこれ見よがしにため息をつき、手にしていたリモコンのボタンを押した。背後のテレビに店内監視カメラの録画ビデオが映し出される。カウンター内の椅子に腰を下ろし、雑誌片手にチキンにかぶりついているハーリーのモノクロ映像だった。

「従業員規則についても話すべきかな、レイエス？〝従業員は売り物を食べてはいけない〟」

「でも、あれは廃棄用の箱にあったものです。捨てる直前だから……」

「規則は規則だ。八ピース・コンボの代金を支払ってもらおう」

「八個も食ってません！」

「このビデオを最後まで見るか？」

ハーリーは黙り込むしかなかった。

「君も仕事がないと困るだろう？　だから今回は給料から差し引くだけにしておこう。警告ということだ。わかったか？」

ハーリーは無言でうなずく。

「ついでに言っておくが、ナプキンにもコストがかかるんだ。同じことを何度言わせる？　客ひとり当たり二枚だ。二枚だぞ。〈ミスター・クラック〉はボランティア団体でもなければ、金があり余ってるわけでもない。私だって金はあり余ってない。君はどうだ、レイエス？　もし君が大金持ちだったらここで働かないよな？　だったら、しっかり働くことだ」

頭ごなしの叱責にハーリーはムカムカし、いつしかランディをにらみつけていた。

「何だ？　何か不満か？」

長い沈黙の末にハーリーはサンバイザーを脱ぎ、髪をまとめているネットを外した。

「辞めます」

唖然とするランディを尻目《しりめ》に事務所をあとにする。

四分後、ハーリーは駐車場に停めてある誰かの車のボンネットに寄りかかり、〈ミスター・クラック〉の紙袋を口に当てて深呼吸を繰り返していた。店を飛び出したはいいが、自分のしでかしたことの大きさを自覚し、後悔で押しつぶされそうになったのだ。今にも過呼吸状態になりそうなのを何とかペーパーバッグ法でしのぐ。

ようやく気分が落ち着いてきたころ、店からジョニーが出てきた。

「おい、大丈夫か？」

「ああ……何とか」紙袋を口から外して答える。

「ランディはかんかんだよ」

気づかって来てくれた親友に感謝し、ハーリーは立ち上がった。

「そろそろ店に戻ったほうがいいよ、ジョニー。ランディに見つかったら、今週いっぱいトイレ掃除をさせられるぜ」

「それはないな。おれも辞めたんだ」

「何だって!?」ハーリーは心底驚いた。

「おれたち友だちじゃないか。おまえが行くとこにはおれもついてくさ、ヒューゴ」

にわかに痛みを覚える。大金持ちになる自分と彼とでは辞める意味が違う。

「とにかく今日は休日ってことだ。どっか行こうぜ。イケてるおれたちに金なんか必要ないさ」

そう言って陽気に笑うジョニーに、ハーリーは弱々しく笑みを返した。


ガン、ガンと大きな音が地下施設内に響いている。

ジャックが通路に行ってみるとサイードが作業中だった。コンクリートで埋められている扉の向こうに何があるのか探ろうと、長い金属片で叩き壊そうとしている。

「どうだ?」

「ダメだ」汗だくのサイードが手を止めた。「扉の向こう側もコンクリートで固めてあるようだ。厚さ二メートル半から三メートルはあるんじゃないかと思う」

コンクリート壁の表面にはほんの小さな傷しかついていない。

「これを見てくれ」ジャックは壁面に一歩踏み出した。

首にかけたキーが壁に吸い寄せられるように宙に浮く。それを見てサイードは目を輝かせた。

「興味深いな」持っている金属片を一瞥《いちべつ》する。「非磁性のチタンでよかった」

それを持ったままサイードは歩きだした。

「上から調べるのは無理だな」

「というと？」ジャックは問い返した。

サイードは通路の床に屈《かが》み込み、はめ込まれた鉄格子のふたを引き開けた。

「この下からなら行けるかもしれない」

一分後、懐中電灯を構えたジャックとサイードは施設の床下スペースを這《は》い進んでいた。コンクリート支柱とダクトの迷路は狭い上に暗い。身動きも厄介だった。

先を行くサイードの行く手を、ジャックは背後からライトで照らした。方向を見定めてコンクリートで固められた扉の真下に行く。そこもやはり大量のコンクリートでふさがれていた。

「ここも同じ処理が施されているな」

サイードがチタン片で叩いてみたが、びくともしない。

「やはり厚くてダメだ」

「回り込んでみよう」

コンクリート壁に沿って進んでいくと、パイプの集まった区画に出くわした。バルブの附属した多数のパイプやケーブルがコンクリートの塊から直接突き出ている。

「これは何だろう？」ジャックは疑問を口にした。

「地熱発電機だと思う。おそらく施設の電力源だろう。パイプが熱いから気をつけろ」

ところどころ蒸気がもれているパイプの下をサイードがくぐり抜けた。ジャックもすぐあとを追う。コンクリート壁を迂回《うかい》できるかと思ったが、そこで行き止まりになっていた。

落胆の顔を見交わしてから、ジャックは質問をぶつけてみた。

「君はどう考える、サイード？」

「何についての考えだ、ジャック？」

「コンピュータだ」

「通信には使えないと思う。だが、もっとよく調べてみるまではへたに触らないほうが無難だろう。それよりも気になるのは、ここで何が起きているかだ」

「何が起きていると思う？」

「こんなふうにコンクリートで覆いつくす話で思い出すのは……チェルノブイリだ」

放射能汚染……。ジャックが最悪の事態を想像したとき、どこかで金属のぶつかり合うような音が轟《とどろ》いた。暗い床下スペースに不気味な低音が反響し続ける。

「向こうからだ」サイードが方向を指し示す。

「僕が調べよう」

ジャックは音源を求めて這い進み、やがて床上に出る鉄格子のふたを見つけた。押し上げて頭を出してみると、すぐそばにドアがあり、その下の隙間から白い蒸気のようなものがゆっくりと流れ出ている。

警戒しながらドアを開けると、そこはバスルームだった。驚いて見返してきたのは、裸体にバスタオルを巻いただけのケイトだ。

「やあ」ジャックはぎこちなく挨拶した。

「ハイ」ケイトも同じようにうなずく。

「シャワーを浴びてたのか？」

「使えるかどうか試してみたの」

「具合はどうだった？」

「水圧が弱いし、お湯が急に冷たくなるし、硫黄臭い。でもシャワーだわ」

ケイトははにかむような顔でシャワーブースから出てくると、置いてある服や靴を丸めて抱え、タオル一枚の姿のままジャックの脇を通り抜けた。

「使ってみたら？」

「そうだな。あとで……」

「シャンプーは置いておくわね」

はだしで立ち去る彼女の後ろ姿を見て、ジャックは知らずにほほ笑みを浮かべていた。

地中の檻《おり》の中で座ったまま、ソーヤーはゆっくりと左肩を回してみた。どうも動きがぎこちなく、鈍い痛みが増している。どうやらジンの心配したとおり、感染症にやられたらしい。

くそっ。悪態をついたとき、小さな物音が聞こえた。足音だ。地上を誰かが近づいてくる。

ソーヤーは立ち上がって叫んだ。

「おい、そこにいるのはわかってるぜ！」

しばらく間があってから、あたりをはばかるような小声が返ってきた。

「大丈夫？」女の声だがアナ－ルシアではない。

「とびっきりの気分さ！　そっちはどうだ？　それよりあんたは誰なんだ？」

「そんなことどうでもいいわ。……ねえ、あなたは本当に八一五便の乗客なの？」

「そっちこそどうなんだ？」

「乗客よ。後部座席にいたの」

「じゃ、おれたちは同じチームじゃないか！　すぐに出してくれよ！」

返事がない。しばらくして困惑するような声が聞こえた。

「今は無理。でも、これをあげるわ」

頭上の格子の間から小さな袋が落ちてきた。拾い上げてみると動物の革で手作りした小さな水入れだった。ソーヤーはむさぼるように中身を飲み干した。

「礼を言うよ」

「どういたしまして」

そのひと言を最後に彼女は立ち去った。

ソーヤーは考えをめぐらせてみた。彼らが乗客グループだという話に嘘はないような気もする。だが、何の目的でこんな地下牢まで造り、アナ‐ルシアはあれほど敵意をみなぎらせているのか。理由がわかるまで彼らを信じないほうがいいだろう。


「そろそろ出てきたらどうだ？」

木からもいだ果物をかじりながらロックが言う。

「岩のところで見かけたぞ。マングローブのところでもだ。君は気づいてないかもしれないが、私は大きな円を描いて同じ場所を歩いているだけだ」

隠れていたチャーリーはきまりの悪さを感じながら、ゆっくりと茂みから出た。ハッチの秘密を探ろうとジャングルを歩くロックを尾行したのだが、とっくに見抜かれていたらしい。

「わかったよ。けど、知っていながら何もそんな意地の悪いことしなくたっていいだろ？」

「なぜ私のあとを尾《つ》けるんだ、チャーリー？」

「理由は簡単さ。あんたらは隠し事ばっかりだ。それにおれは子供扱いでかやの外に置かれるのにはうんざりなんだ。おれだってクレアの赤ん坊を取り戻した。〝黒い岩《ブラック・ロック》〟へ遠征した〈特攻野郎Aチーム〉のメンバーじゃなかったけど、声をかけられたら行く気満々だったんだ。おれにだって知る権利があるだろ？」

一気にそうまくし立てると、ロックは目尻にしわを寄せて訊いた。

「で、何が知りたい？」

「ハッチさ！」

予想に反してロックはあっさり明かした。地下施設のこと。ハッチの男のこと。ボタンのこと。チャーリーは倒木に座って聞きながら、荒唐無稽《むけい》な話に開いた口がふさがらなかった。

「そいつは何年もずっと一〇八分ごとにボタンを押してたのか？」

「そのとおりだ」

「でも、どうやったらそんなことができる？　そいつは寝ないのか？」

「さあな。それを聞く前に、彼は姿を消してしまった」

「そいつはなぜやめた？　どこに行ったんだ？」

「わからん。追跡を試みたが、痕跡《こんせき》をほとんど残していない。彼はおそらく交代要員を見つけたと考えたんだろうな」

チャーリーは〝交代要員〟の意味するところを即座に察した。

「おれたちのことか？」

「そう。われわれだ」

何だか少しも現実味を感じられない。こんな秘密を聞きたかったのではないのだ。

「その話って、ちょっとイカれてないか？」

「私はありのままを話しているだけさ、チャーリー」

「おれたちがボタンを押さなかったらどうなる？」

「それは不明だ。とにかく私が今、システムを構築している。二人ずつで六時間ごとの交代制を敷くことになるだろう」

「交代制で……ボタンを押す？」チャーリーは顔をしかめた。「ジャックは何て言ってる？」

「彼も計画に賛同している。チャーリー、これはわれわれにとって悪い状況ではない。全員に仕事が与えられるんだからな。目的意識を持つことができるんだ」

だが、チャーリーにはそうは思えなかった。

「それに……」ロックは思いついたように付け加えた。「レコード・プレーヤーもあるぞ」

たちまち興味を引かれ、チャーリーは質問を続けた。

「ハーリーはあそこで何をしてるんだ？」

「食料の管理責任者だ」

「食料だって!?」

チャーリーは目を丸くした。これこそが聞きたかった話だった。

ソーヤーは頭上の格子越しにジャングルの様子を見上げた。日差しは午後のものになっている。いったいいつまで閉じ込められるのだろうか。そう思ったとき、不意にふたが跳ね開けられた。続いてツタのロープが投げ入れられる。

「ロープをつかめ」現れた大男が命令した。

「仲間の無事を確認できるまで、おれは何もしない」

「私たちは仲間だったのか？」

そう言って上から顔を覗かせたのはマイケルだった。拘束されている様子はない。

彼の皮肉にかちんときているると、今度はアナ－ルシアが姿を見せた。

「早くしないとロープを引き上げるわよ」

ソーヤーはロープを握り、ようやく穴の外に引っ張り上げられた。

そこにはマイケルとジン、アナ－ルシアと大男、そして三十代らしき女性がいた。

「やあ、相棒。救出に感謝するぜ」ソーヤーはマイケルに皮肉を返した。

「すっかり話をして、私たちが乗客だとわかってくれたよ」とマイケル。

「そりゃいい。おれたちみんなでオーシャニック航空に訴訟でも起こすか」

ソーヤーはアナ－ルシアに当てこすりを言ってみたが、彼女は別のことに注意を向けた。

「手に何を持ってるの？」

彼はあわてて石をこぶしの中に握り締めた。「何でもない」

「石ね？　さっきの仕返しをしようって言うの？　いいわ。三つ数える前に捨てなさい」

「アナ……」大男が横からたしなめる。

だが、彼女は姿勢をやや低くして近づいてきた。「一、二……」

「ちょっと、待てよ」

そう言ったとたんソーヤーは顔面に肘《ひじ》うちを食らい、その場に倒れ込んだ。

止めに入ろうとしたマイケルとジンを大男と女性が制止する。

ソーヤーは起き上がろうとしたが、肩をアナ－ルシアに踏みつけられてしまった。

「おまえ、まだ〝三〟を数えちゃ……」

踏んでいる足に力が加わり、ソーヤーは傷の痛みに悲鳴を上げた。

「黙って聞くのよ」アナ－ルシアが見下ろして言う。「私が命令したら、あんたもそれに従うの。質問は一切なし。『歩け』と言ったら歩く。『止まれ』と言ったら止まる。『跳べ』と言ったら、さあどうするの？」

「おまえから先に跳べ」

肩を踏みにじられ、ソーヤーは再び声を上げた。

「ルールが嫌なら、今すぐ穴に戻してやるわ。わかった？」

「……わかったよ」ソーヤーは食いしばった歯の間から答えた。

アナ－ルシアが満足顔で足をどけたので、彼はふらつきながら立ち上がった。

彼女が肩を見やる。「その傷、ばい菌に感染してるみたいね」

「へえ、そうかい？　それじゃ、おれが本当に笑える話を聞かせてやるから、代わりに抗生剤をくれないか?」

「抗生剤があったとしても、あんたにやるような無駄使いはしないわ」彼女は一同に振り向いた。「暗くなる前に出発するわよ」

「どこへ行くんだ?」

ソーヤーが質問するとアナ-ルシアが顔色を変えた。「さっき私は何て言った!?」

「悪かったよ。つい忘れちまった」ソーヤーは大げさに謝ってからにらみつけた。「だが、ひとつだけ言っておくぜ。今度おれを殴ったら、おまえを殺すからな」

だが、アナ-ルシアはまるでそれを面白がるようににやりとして言った。

「行くわよ」

一同が移動を開始する。マイケルとジンに目顔でうながされ、ソーヤーも左肩を押さえながら歩き始めた。


在庫調べの仕事を一段落させたハーリーはローズとともに海岸へ戻った。

思い思いに午後をすごしている〈キャンプ〉の住人たちを目にすると、一気に気分が落ち着かなくなる。それを察したのか、ローズが声をかけてきた。

「大丈夫よ、ハニー。たかが食べ物のことよ」

「ああ。そうだな……」

無理して笑顔を返してみたが、ローズと別れたとたん陰鬱な気分になってしまい、ハーリーは〈キャンプ〉から離れた砂浜に生えている大きな木の下に座り込んだ。

木陰で日光を避けながら、遠く水平線を見やる。一刻も早く救助隊が来てくれればいい。そうすればこんな悩みはすべて消し飛んでしまうのだ。

「よう、いったいどこにいたんだ?」

突然チャーリーがやってきて、隣に腰を下ろした。

「えっと……そこらへんだよ」ハーリーはどぎまぎしながら答えた。

「おれは知ってるぞ、ハーリー」

「え? 知ってるって……何を?」嫌な予感がする。

「食い物のことさ。ロックから全部聞いた」

「ロックは……嘘つきだよ」

「じゃあ、一〇八分ごとにボタンを押さないと島が爆発しちまうっていう話も嘘か?」

「爆発なんかしないよ」言ってから、しまった、と思う。

誘導尋問に成功したチャーリーは勝ち誇った顔で「やっぱりな」と指を突きつけてきた。

「ジャックからきつく言われてるんだ。誰にも言わないでくれよ。それに……」

「ピーナッツバターあるか?」チャーリーはいきなり訊いてきた。

「え……?」

「ナッツの風味たっぷりでクリーミーで、子供だったら誰でも目がないピーナツバターさ」

「それは……いくつかあるけど……」

「ありがたい。それを一個こっちに回してくれないか？」

やっぱりこうなる。ハーリーはげんなりして黙りこくった。

「なあ、クレアのためなんだ」

「……やっぱりダメだよ」

「おい！　子育てに必死のママのささやかな願いを断るのか⁉」

「そんなつもりじゃ……」

「そんなつもりだろ！　あんたがそんな人間だとはな！　連中に取り込まれやがって！」

「連中って……？」

「リーダーづらの連中さ！　友だちだと思ってたのに、あんた、すっかり変わっちまったな！」

チャーリーは荒々しく立ち上がると、一度も振り向くことなく立ち去った。

やはり恐れていたことが起きてしまった。不安は的中したのだった。

〈ミスター・クラック〉をあとにしたハーリーはジョニーとともに〈ビニーのビニール〉に立ち寄った。ヒップな品揃《ぞろ》えのCD・レコードショップだ。

掘り出し物を探そうと、二ドルで投げ売りされている棚に行ってみると、そこには〈ドライブシャフト〉のＣＤが大量に放出されていた。

You all, everybody
You all, everybody

どちらからともなく二人で口ずさむ。

「〈ドライブシャフト〉って、ドライブ感ゼロ‐シャフトだよな」

ジョニーの辛らつな意見にハーリーは苦笑した。

「それにしても、今日のおまえはいつもと違うよな」

「え？」ハーリーはどきりとした。「何言ってんだよ？」

「いや、何となくそんな気がしただけさ」

「おれ……ちょっとヘッドホンを見てくるよ」

「ふうん。ヘッドホンね」ジョニーが訳知り顔でにやつく。

ハーリーはそそくさと立ち去り、店の奥に向かった。そこにはオーディオ機器カウンターが設置されている。だが、彼の目的は機器ではない。

「ハイ、ヒュー……ゴウ！」

「やあ、スター……ラア！」

カウンター係のスターラといつものように挨拶を交わす。音楽をちゃんとわかっているキュートなインディ・ロック・プリンセス。長い黒髪を無造作に束ね、ぱっちりした目を向けてくる彼女をまぶしく感じながら、ハーリーは胸のときめきを顔に出さないようにして近づいた。

「今日は仕事じゃないの？　ヒューゴ」

彼女の質問にどう答えたものかと考えていると、横からジョニーが口を出した。

「おれたち、別の道を模索してるとこ」

「辞めたの？」スターラが心配げにハーリーを見やる。

「そうさ」ハーリーはわざと陽気に言った。

「気をつけたほうがいいぜ。こいつ今日、店長とやり合ったんだ。おかしくなっちまったんだよ。誰かこいつに拘束衣を着せろ！」

ジョニーを放っておくことにして、ハーリーは壁にある高価なヘッドホンを指さした。

「あれ、試していい？」

スターラはヘッドホンを手渡しながら、困惑顔で言った。「私の世界観が崩壊したって感じ。あなたみたいにまともな人《ロック》が仕事を辞めちゃうなんて。きっとそのうちミツバチが蜜を作らなくなって、花が枯れて、この世のすべてがばらばらに壊れちゃうわ」

ヘッドホンの音質を確かめながら、ハーリーは呼びかけた。「あのさ、スターラ……」

彼女がびっくりした顔で彼のヘッドホンを外す。よほど大きな声を出していたらしいことに気づき、ハーリーは急に恥ずかしくなったが、勇気を出して話を切り出した。

「週末に〈ホールド・ステディ〉のライブがあるんだ。えっと、金曜日なんだけど……」

「金曜は仕事なの」彼女の表情がさっと曇る。

ハーリーはすぐさまギアをバックに入れた。

「違うよ。そういうつもりじゃなくて、ただライブ情報を教えようと……」

「土曜なら空いてるわ。それでどう？」

彼は耳を疑った。奇跡が起きたのだ。くじに当選するよりももっとすごい奇跡が。

「いいよ。最高にクールだよ」

ジョニーと連れ立って店をあとにするとき、親友はいぶかしんだ。

「なあ、何ヵ月もずっと誘えなかったのに、今日になって急にどうしたんだよ？　やったじゃんか！　いったい何があったんだ？」

「別に何もないよ。ただ、あとから誘っても意味がないから……」

「あとからって？」

「いや。何でもない」

大金持ちだと知れてから誘ってOKをもらっても、それが彼女の本心かどうかわからない。

だが、それをジョニーに説明することはできなかった。

あたりの植生が自分たちの〈キャンプ〉周辺と異なるのを感じながら、マイケルは島北部のジャングルを歩いていた。ぴりぴりとした様子で先頭を行くアナ－ルシアに合わせて、一行は速い歩調で静かに進んでいく。

すぐ前を歩いている三十代の女性がつる草に足を取られて転びそうになり、マイケルはとっさに腕をつかんで支えた。

彼女がハッとして振り向く。ブロンドの長い髪を持つ白人女性で、今はサバイバル生活でやつれているが、知的な顔だちをした美人だった。

「ありがとう。私はリビー」彼女が小声で自己紹介してきた。

「マイケルだ」

歩きながら握手を交わす。

「あなたたちの仲間は、島の反対側に何人いるの？」

「出航したときは四十人ぐらいだ。そっちの生存者は？」

「全部で二十三人……」

「さっきから気になってるんだが、あんたたちはなぜそうびくついてるんだ？」

「だって……彼らを見たことはない？」

もちろん見ている。暗い海をやってきて息子を奪っていった。

「やつらは何なんだ？　何か知ってることはないか？」

「……その話はあとで」

そう言うなりリビーは硬い表情で足を速め、先へ行ってしまった。

背後でうなり声が聞こえた。振り向くと、ソーヤーが肩に手を当てて顔をしかめている。

隣を歩くアフリカ系の大男が心配そうに問いかけた。「大丈夫か？」

「今ごろよく言うぜ」ソーヤーは吐き捨てるように言う。

「勘違いしたことは謝る」

「〝勘違い〟っていうのは、レモネードの客にアイスティーを出したときに使う言葉だ。棍棒で殴った上に穴の底に閉じ込めた場合にはふさわしくないぜ」

先頭でアナ－ルシアが立ち止まり、ソーヤーをにらんだ。

「静かに。会話は禁止のはずよ」

ソーヤーが鼻に筋を寄せる。「おれは話しかけられたんだぜ」

「まあ、いいわ。着いたわよ」

だが、アナ－ルシアの前には植物で覆われた岩壁しかない。

「ここからどうするんだ？」ソーヤーが訊く。「スコッティに転送でもしてもらうのか？」

不敵な笑みを浮かべたアナ－ルシアが葉やツタをかき分けると、そこに扉が現れた。

マイケルが息を呑んで見ていると、彼女は合言葉らしき独特のノックをする。ほどなくドアが開き、薄汚れた服を着た五十代の男が顔を覗かせた。

アナールシアに続いてマイケルたちは扉をくぐった。中は岩をくり抜いた暗い通路になっている。だが、すぐに左右がコンクリートになり、鉄扉が現れた。

まるで地下壕だ。こんな島に人工の施設が存在していたとは。

マイケルもソーヤーもジンも言葉を失ったまま、奥へと歩いた。突き当たりは十メートル四方ほどの四角い部屋だった。がらんとしており、奇妙な八角形のマークがペイントされた壁際には枯れ草や葉が重ねてある。それがベッドだと気づいてマイケルは驚いた。これほどまでに堅牢な建造物を手に入れたのに、彼らの生活は南の〈キャンプ〉よりもはるかに劣っている。

さらに彼を困惑させたのは、部屋にいる人数だった。先ほどドアを開けた男以外には、客室乗務員の制服を着た女性がひとりいるだけ。ほかの人間は見当たらない。

「二十三人いるんじゃないのか？」

マイケルが訊くと、横にいたリビーは悲しげに答えた。

「最初はそうだったの」

恐ろしい何かが彼らを襲ったことを直感し、マイケルは戦慄《せんりつ》を覚えた。

薬草畑で雑草取りに精を出していたサンは、ふと人の気配を感じて顔を上げた。

草地の向こうから赤ん坊を抱いたクレアと、犬を連れたシャノンが近づいてくる。

「こんにちは、サン」

声をかけてきたクレアの表情がなぜか暗い。サンは不審に思って立ち上がった。

「何かあったの？」

クレアは口ごもり、シャノンとちらりと視線を見交わしてから切り出した。

「海であるものを見つけたの。そのことをシャノンに話して、それであなたに真っ先に知らせるべきなんじゃないかって意見がまとまったの」

サンが意味を計りかねていると、シャノンがそっとボトルを差し出した。それを目にしたとたん、思わず息を呑む。

「いかだに乗せたメッセージよ」シャノンが低く言った。

声もなくしばらくボトルを見つめてから、サンは受け取った。

「このことをほかの誰かに言った？」

「いいえ」シャノンがかぶりを振る。「どうしていいかわからないし、私たちは適任じゃないし……あなただけがいかだの乗った人の、その……」

「これの扱いはあなたに任せたほうがいいと思ったの」

クレアがそう言って話を締めくくった。

胸に湧き上がる不吉な想像を何とか振り払おうと努力しながら、サンは二人にうなずいて了承した。

ハーリーは急いでハッチに舞い戻った。

目指す相手のロックは銃器庫にいた。スナイパーライフルを構えた彼が口元に笑みを浮かべているのを見て、ハーリーは戸口から声を荒げた。

「何でチャーリーに喋ったんだ!?」

「質問されたからさ、ヒューゴ」顔を上げて答えたロックは悪びれる様子もない。

「何で彼の言うことは簡単に聞いたんだよ? おれがハッチを開けるなと言ったときは無視したくせに。これですべてが変わってしまう。何もかもがね!」

「変化が起きるのはいいことだよ、ヒューゴ」

「ああ、みんなそう言うよな。けど、真っ赤な嘘だ。おれはよく知ってるんだ。本当さ。おたく、いったい誰が悪者になるか考えたか? 島で産まれた赤ちゃんとそのキュートなママにピーナツバターをあげられないって言い渡す役目を、誰がすると思う? このおれなんだよ!」

ロックはただ眉《まゆ》を上げるだけだ。

「言っとくぞ。おれはこりごりだ。食料の係が必要なら、誰かほかの人間を捜してくれ」

それを捨て台詞《ぜりふ》にしてハーリーは行こうとした。

「ダメだ!」

ロックの険しい声に思わず足を止め、振り返る。

「われわれはみなそれぞれ仕事を抱えているんだ、ヒューゴ。私の仕事は、人々を説得して一〇八分ごとにボタンを押させることだ。それも理由や事情を一切知らせずにな。食料の仕事が気に入らないなら、私のと交換するか？」

「とにかく、おれはもう嫌だ！」

「私だって嫌な仕事をやってきたし、今だってやってる。悪いが、ヒューゴ、やめるなどという勝手は許されない」

ハーリーはロックの顔をじっと見つめた。穴のあくほど長く。

彼に議論する余地などないようだ。それならこっちにだって考えがある。悩みを解消するための究極の方法を実行するまでだ。

「わかったよ」

今度こそ捨て台詞を吐いてハッチを出る。

ハーリーは空のリュックを背負い、日の傾き始めたジャングルを歩いた。目的地に向かってまっすぐに、迷うことなく。

やがて足を止め、あたりの木々を見渡して目指す一本を見つけ出した。根元近くで幹が枝分かれしていて、そこに大きなくぼみができている木だ。

根方に屈み込んだハーリーは、くぼみの中にゆっくりと両手を差し込み、Tシャツにくるまれた包みを慎重に取り出した。

ハッチ爆破で使用しなかった二本のダイナマイトを。

ハーリーは黒ずくめの格好で見知らぬ家の庭にうずくまった。

「気をつけろよ」やはり黒い服装のジョニーが声を殺して言う。

「わかってるって」

二人はうなずき合い、芝生から獲物を奪うと、そのまま道路に停めてあるバンまで走った。スライドドアから車内に獲物を急いで、だが割れないように放り込む。そこに山と積まれているのは数十体のノーム人形だ。とんがり帽子に白ヒゲの小さなおじいさんたちが微妙な笑顔を振りまいている。

ジョニーが運転席に飛び乗り、ハーリーが助手席に乗り込んでバンはすぐさま出発した。

これで数は足りるだろう。そう判断した二人は夜の街をひた走り、目的の家に向かった。またしても芝生の庭に忍び込み、作業を開始する。手分けしたので、ものの三分もかからずに完成にこぎつけた。

「これって天才的だな」ジョニーができばえに小声で感想を述べた。

「いや、まだだよ。そこはもう少し左、角度をつけて」

ハーリーの指示どおりにジョニーが手を加える。そのとき、通りで減速した車のヘッドライトがぐるりと回ってきて、彼らを照らし出しかけた。

二人同時にあわてて伏せて身を隠す。見ていると、メルセデスの高級セダンが通りの反対側の家のガレージへとおさまった。車から疲れた顔のビジネスマンが降り立ち、庭を横切ると、生気のない目つきの妻が開けて待つ玄関を抜けて家の中へと消えていく。その一部始終を見てからジョニーが囁いた。

「あれを見たか？　なんて不毛な生活なんだ」

「そうか？」ハーリーは疑念をはさんだ。「あんないい車に乗って、持ち家まであるのに」

「でも、その支払いのために夜十一時まで働くんだぜ。あいつは給料の奴隷さ。車を買い、家を買い、きれいな服を手に入れるために、気がついたら奴隷になってる」

ジョニーはにっと笑って続けた。

「一方、おれたちはどうだ？　〈ミスター・クラック〉の仕事は失ったけど、だから何だって言うんだ？　値段のつけられないものを手に入れたんだぜ。自由さ。おれたちは誰の奴隷でもないし、おれたちをしばりつけるものなんか何もないんだ」

ハーリーは熱弁をふるう親友に、ためらいがちに言った。

「なあ、おれたちが大金持ちだとしよう。そしたら、でかい家やいい車を買いたいと思わないか？　〈グリーンデイ〉のライブを追っかけて、東京までふらっと行きたくないか？」

「どうやったらおれたちが大金持ちになれるんだ？」

「たとえば……」くじのことはまだ言えない。「おれのじいちゃんが遺産を残してくれるとか。

一万ドルぐらい」

「それはおまえの金だろ？　おれはもらえないよ」

「おれが使い切れないぐらいあったら？」

数秒間考えたジョニーはかぶりを振った。

「そうなったら、何だか気味が悪いな」

突然、彼らの侵入した家の玄関ドアが開き、下着シャツ姿のランディが現れた。

「おい！　誰だ！」

ジョニーが「逃げろ！」と叫び、二人は通りまで走ってバンに飛び乗った。はだしで追いかけてくるランディを振り切って、猛スピードで走り去る。

ハーリーとジョニーは車内で大笑いした。今ごろあのいけすかないランディは自宅の芝生にノーム人形によって書かれた文字を見て地団駄《じだんだ》を踏んでいることだろう。

――クラック・ユー。

〈ミスター・クラック〉の店長には〝ファック・ユー〟よりもお似合いだ。

高速で飛ばすバンの窓から顔を出し、ジョニーは大声で叫んだ。

「自由だああ！」

まるで『ブレイブハート』だと思いながらハーリーは笑った。「何やってるんだよ？」

「自由なんだぜ！」ジョニーは運転に戻った。「なあ、今夜はほかに何がやりたい？　早く言ってくれよ、休日が終わっちゃうから。あと十時間のうちには、おれたちゃ仕事を探さなきゃならないんだ。〈ピザ・ビン〉が求人を出してたな。でなきゃ、〈ジャイロ・ラマ〉を当たってみるか？　とにかく、おれは絶対にピザ屋の女の子をものにしてみせるぜ」

興奮して喋り続ける親友を笑って見ていたハーリーはそっとかぶりを振った。十時間後はもう仕事なんか探さなくていい。自分もジョニーも。彼は静かな口調で言った。

「約束してくれないか、ジョニー？」

「何を？」

「これから何が起きても、おれたちの関係は変わらないって。ずっとこのままだって約束してくれよ」

「そりゃ、いいけど」ジョニーは当惑を見せたが、すぐに顔をほころばせた。「そうか、やっとわかったよ。なんで今日のおまえが変だったのか。胃を小さくする手術を受けるんだな？」

「手術なんか受けないよ」

「おれを驚かせようって魂胆だろ？　すっかり痩せて、『おまえ、ホントにハーリーか？』っておれに言わせたいんだな？」

彼のジョークには取り合わず、ハーリーは真剣な顔を向けた。

「ジョニー、聞いてくれよ。マジな話なんだ。約束してくれよ、おれたちはいつまでもこのまま変わらないって」

「もちろんさ、ポニーボーイ。黄金《ステイ・ゴールド》のままでいるだけじゃなくて、それに乾杯しようぜ。おれたちの最後の〝自由の夜〟のためにシャンパンを開けよう」

そう言ってジョニーは運転しながら財布を開いた。困った顔を上げる。

「二ドル貸してくれないか？」

ハーリーは愛すべき親友を見て、声を立てて笑った。


ハーリーは食品貯蔵室の床の中央にスペースを作った。リュックからTシャツの包みを慎重に取り出し、振動を与えないように細心の注意を払いながら床に安置する。ゆっくりとシャツの包みを開くと、二本のダイナマイトが現れた。次いでリュックから巻いた導火線をつかみ上げ、その先端をダイナマイトの筒に差し込んでいく。精神の集中を要するデリケートで危険と隣り合わせの作業だ。息づまる十秒間がすぎて、導火線がセットできた。

「それは何、ハーリー？」

背後から聞こえた声にハーリーは飛び上がるほど驚いて、危うくダイナマイトを揺らしそうになった。冷や汗をたらしながら振り返ると、戸口にローズが立っていた。

「これは、その、ダイナマイトだよ」正直に答える。

「ダイナマイトですって!?　そんなもので何をする気？」

ローズを見ているうちに恐怖が和らぎ、胸に決意だけがみなぎった。

「悪いけど、あんなことは二度とごめんなんだ」


バンは夜の街を走り続けた。

ハーリーはとても気分がよかった。遠からずロトくじの高額当選者だと世間に知れてしまうだろう。だが、そうなってもジョニーは変わらずに親友でいてくれるに違いない。

フロントガラス越しに前方を眺めていたジョニーが不意にバンの速度をゆるめた。

「なんでテレビ局が来てるんだろ？」

ハーリーがそちらを見やると、コンビニエンス・ストアの前に地方テレビ局の報道クルーが数名いて、ビデオカメラを回しながら店員にインタビューしている。

その光景にたちまち青ざめた。ここはくじを買った店。取材されているのはくじを売ってくれたパキスタン人店員。つまり、当たりくじが出たことをメディアが嗅《か》ぎつけたのだ。

「ジョニー、別の店に行こうよ。ここは高いから」

気を動転させながらも彼は言ったが、ジョニーには聞こえなかったようだ。

「誰か撃たれたのかな？」言いながらバンを駐車場に乗り入れる。

停車するなり運転席を飛び出していったジョニーの背中を、ハーリーは呆然と眺めていた。

無意識のうちにポケットから当たりくじを取り出し、しわくちゃの紙片に視線を落とす。

４　８　15　16　23　メガ・ナンバーの42。
取材の輪の近くまで行ったジョニーがこちらに向かって叫んでいる。

「おーい！　ロトの当選者が出たって！」

ハーリーが顔を上げると、インタビューを受けていたパキスタン人と目が合った。とたんに彼が大声を上げた。

「あの人です！」

彼の人さし指はまっすぐにハーリーをさしている。

次の瞬間、パキスタン人とクルーと野次馬がひとかたまりになってバンに押し寄せた。

だが、ハーリーは駐車場で立っているジョニーを見つめていた。親友はぽかんとこちらを眺めている。

「この人ですよ！」パキスタン人が念を押した。

ようやくジョニーも事態を察したらしい。彼の口が「まさか、そんな」と動くのがハーリーにもはっきりとわかった。

ハーリーはジョニーの顔を一心に見つめた。

バンの窓から突き出されるマイクの向こうに立つ親友を、祈るような気持ちで見続けた。

やがてジョニーの表情が変化した。

それを見てハーリーは悟った。この一瞬で、二人の関係は変わってしまった。あれほど約束したのに。もはや今までどおりではいられない。けっして同じではいられないのだ。ジョニーにとって彼は、裏切り者になってしまったのだから。

「どうしてそんなことをするの？」

貯蔵室に入ってきたローズは責めるというより、心配する口調で問いかけた。それでもハーリーは導火線を伸ばす作業を続けた。

「この部屋から出ていってくれないか、ローズ？」

「誰かが怪我《けが》でもしたらどうするの？」

「ドアを閉めれば平気だよ。ここのドアはぶ厚いし、それに点火する前にそばに人がいないか確認する。だから、頼むから出てくれよ」

ところがローズは貯蔵室内に立ったまま、きっぱりと首を振った。

「いやよ。私は海岸からここまで、あなたに引っ張ってこられたのよ。吹き飛ばしてしまう前に、せめて説明ぐらいするべきでしょ？」

「言ってもわからないよ。このままだとすべてめちゃくちゃになるんだ！」

ハーリーは止まらなくなっていた。食品管理を一方的に命じられて以来抱いていた感情が爆発し、言葉の奔流となって口からあふれ出る。

「いいかい？　きのうまではポテトチップスなんかなくて、おれたちは仲よくやってた。だけど今はこんなにある。すぐにみんなが欲しがるようになるんだ。スティーブに一袋渡すとするだろ、すると次にチャーリーが文句を言い出す。それもスティーブにじゃなくて、このおれに文句を言う。板ばさみになるのはおれなんだ。お次はこうだ。『おれたちの分は？　なぜポテトチップスをくれないんだ？』『こっちにも分けてくれよ、ハーリー』『ケイトにシャンプーを渡したのに、ピーナッツバターはダメなのか？』……それでみんなかんかんに怒り出して、責め立てるんだよ。『なぜヒューゴが全部持ってる？　どうして彼が全部決める？』」

ジョニーの顔を忘れることができない。傷ついた目でじっと見つめていた彼の顔を。

「そうして、おれはみんなから嫌われるんだ。どうすればいい？　おれはいったいどうすればいいんだよ？」

ハーリーの目からは大粒の涙がこぼれ落ちた。

彼の話に耳を傾けていたローズは、深い同情を表すようにそっと彼の腕に手を触れた。

「あなたの言うとおりね」

「……ほんと？」

「そうよ。ジャックはこれじゃ足りないって心配してたけど、本当の問題はあなたの言うように、たくさんあることのようね。……でもね、ハニー。だからといってダイナマイトを持ち出すのは、とてもバカげたやり方よ」

「だって、ほかにどんな方法があるのか、おれにはわからないんだよ」

ローズは母なる慈愛に満ちた笑みを浮かべた。

「いいえ。あなたならわかるはずよ」

ハーリーは考えた。じっくり考えた末にひとつの結論を出した。


夕闇の迫る海岸でハーリーが自分の考えを伝えると、ジャックは眉をひそめた。

「君は本気で言ってるのか？」

「おれは本気だよ。食料の在庫は、ひとりの人間が一日三食食べて三ヵ月もつ分だけある。けど、ここにいるのは四十人だ。食い尽くすのはあっという間さ」

ジャックは無言で考え込んでいる。

「なあ、おたくがおれを任命したんだよ。責任者としてさっき言った方法しかないと思う」

「わかった。そうしよう」ジャックはあっさり首を縦に振った。

「え？　いいのか？」

「ああ、いいよ」

ジャックは彼の肩をぽんと叩いて立ち去った。

ほとんど拍子抜けするほど簡単にことが進み、ハーリーは笑ってしまった。

「これで……いいんだ」

両肩にのしかかっていた大きな荷物が消え去り、彼は軽快な足取りでハッチへと急いだ。

その夜、〈キャンプ〉には食べ物があふれ返った。

四十数日ぶりに口に入る文明社会の食べ物は、人々に笑顔をもたらした。焚火《たきび》を囲む人々の顔は輝き、声は弾み、さながらパーティのように笑いさざめく。

ハーリーは彼らの間を回り、出し惜しみをせずに食料を配って歩いた。それが彼の思いついた解決法だった。これなら不公平はないし、彼を憎む人間もいない。

食事を楽しむ人々を見て、ハーリーも気持ちがほころんだ。

ジャックはハッチでのいらだちが嘘のように、ケイトと食べ物をつつき合っている。

ロックも驚いたことに声を立ててほかの人間と談笑している。

クレアはチャーリーに差し出されたピーナッツバターを指先で舐《な》めて天にも昇るような表情を見せている。

ビンセントもシャノンに食べ物をもらい、尻尾《しっぽ》を振っている。

ハーリーが歩いていくと、誰もが「ありがとう」を口にした。チャーリーにいたっては笑顔で抱きついてきた。クリスマスまでにはまだ一ヵ月半以上もあるが、まるで南の島にやってきたサンタクロースになったような気分で、彼らの感謝を受け取る。

今夜この島で、ハーリーは誰よりも幸福を感じていた。

そのころサンは〈キャンプ〉から離れた砂浜で懸命に穴を掘っていた。

素手で深さ三十センチほど掘ったところで、かたわらに置いておいた手紙入りのボトルを穴に入れ、もとどおりに砂を埋め戻す。

いかだに載せたボトルが島に漂着したという事実を、砂の中に葬ることに決めたのだ。

そう、少なくとも今夜は誰にも告げない。

彼女は夫ジンを思い、ひとりで重荷を背負える勇気を持てるよう願った。

そして何ごともなかったかのように〈キャンプ〉に戻り、シャノンとそっとうなずきを交わしてから食事の輪に加わった。

島の北部にある施設内でも夕食が始まった。

小さな明かりしかともされていない薄暗い部屋で、アナ－ルシアがトレーに載せた食べ物を配っている。各人の割り当てはたったひと口しかない。

マイケルたち三人は部屋の隅に固まって座ってそれを見ていた。どうせ自分たちには回ってこないだろう。マイケルがそう思っていると、彼女がゆっくり歩いてきてトレーを無言で差し出した。ひと口分の生魚の切り身が三つ残っている。

マイケルが手で受け取ると、次いでジン、そしてソーヤーにまで配られた。

暴力的だが公平なリーダーに、彼らはうなずきで感謝を伝えた。

夜の宴はあっという間に終わり、アナ‐ルシアと大男が何やら話を始めた。小声で議論を戦わせている。その様子を注意深く眺めていたマイケルはぽつりとつぶやいた。

「近くにいるな」

「誰が近くにいるって？」ソーヤーが訊く。

「息子を奪ったケダモノどもさ」

マイケルは感じ取っていた。彼女たちの緊張は〝ほかの者たち《アザーズ》〟の存在を間近で見ているからだ。だとすると、ウォルトもこの近くにいるに違いない。

そこへ五十代後半の白人男性が遠慮がちにやってきた。

「ちょっといいですか？　訊きたいことがあるのですが」

マイケルはうなずいた。「どうぞ」

「あなたがたがいた場所に、ローズという名前の女性はいませんか？」

ソーヤーが驚き顔で応じる。「五十代の黒人女性？」

即座にうなずいた男はたちまち目に涙を浮かべた。

「彼女は……無事ですか？」

「ええ」マイケルはきっぱりと答えた。「元気にしてますよ」

男は彼の手を強く握ってきた。

「ありがとう。ありがとう……」

「私はマイケルです」

「ありがとう、マイケル。私はバーナードです」

「無事でよかったですね」

マイケルが声をかけると、バーナードは涙をこぼしながら白い歯を見せた。

ローズは楽しげに食事をする人々に目を細めた。ハーリーは本当に素晴らしい行為をしたと心から思う。

彼女はハーリーにもらったアポロ・バーをしばらく手でもてあそんでから、食べずにそっとポケットに滑り込ませた。ネックチェーンにさげた指輪にキスする。

いつか再会できる日のためにしまっておこう。

甘いものに目がない夫バーナードのために。

第30章
探しもの
...And Found

ペク・サンは波打ち際にたたずみ、朝日に光る海原を見つめた。強い貿易風が吹きつけ、波も荒い。いかだが無事に航行しているのか不安になる。ましてや手紙のボトルが流れ着いた今となっては、その思いはなおさらつのるばかりだ。

「私はひどいママね」

ともに並んで洗濯をしているクレアがぽつりと言った。

「どうしてそんなこと言うの？」サンは物思いから覚めて訊《き》いた。

「だって、こういう時間が一番好きだから。チャーリーに赤ちゃんを見てもらって、ひとりになれる時間が」

サンはそっとかぶりを振った。

「あなたはひどい母親なんかじゃないわ」

「……気休めでしょ？」

「ひとりの時間をほんの少し楽しんでるだけだもの。それが終われば、またいっしょにいるべき家族と……」

　そこで言葉に詰まり、思わず水平線を見やる。いっしょにいるべき家族……。

「……もう四日になるわ」

「まだ四日よ」クレアはすぐに否定した。「それに海流を見つけるまでに二週間かかるって言ってたわ。いかだだってマイケルがちゃんと設計したはずだから……」

　だが、彼女の慰めの言葉は途中から耳に入らなかった。サンは薬指を見て愕然《がくぜん》としていたのだ。

「ない……ないわ……」

　無意識に韓国語で口走っているのにも気づかないほどあわてて周囲を探す。浅瀬の砂、洗濯物の中、脱いだ靴の下。ところがどこにも見当たらない。

「ねえ、サン。いったいどうしたの？」

「指輪が……」サンは英語で答えた。「結婚指輪がないの」

　サンは宝石箱の中からオレンジ色の石をあしらったヘアピンを取り出した。気乗りのしない顔で鏡を覗《のぞ》き込み、ヘアピンで長い髪をまとめる。失礼にあたらない程度の最低限のおしゃれ。それは服も同じだ。選んだのは何の装飾もない白のノースリーブ・ワンピースだった。

何枚ものシルクスカーフをベッドに並べて迷っているとき、部屋に母親が入ってきた。

「あなた、それを着ていくつもり？」

問われたサンは、派手なブランド・スーツを着ている母親に口をとがらせて言った。

「これじゃいけない？」

「だって、何だかスチュワーデスみたいに見えるわよ」

「そう、ありがとう」小さくため息をつく。

母親は高級カーペットからハイヒールを拾い上げ、クローゼットに向かった。

「ちょっと待って」サンは驚いて言った。「その靴、お気に入りなのよ」

「私もお気に入りよ。でも相手のかたの背が低いかもしれないでしょ？」

そう言って、かかとの低いパンプスを持ってくる。

形にばかりとらわれたくない。それがサンの正直な気持ちだった。もとより今日の話自体、半ば無理強《じ》いされたものだ。

「こんなのってバカバカしいわ」彼女は拗《す》ねてベッドに座った。

「バカバカしいもんですか。お父さまと私で仲人さんによくお願いしたのよ」

「まるで百万年前の話だわ。時代は変わってるのに」

母親は娘の頭からオレンジのヘアピンを勝手に抜き取り、別のに変えた。

「あなたが大学時代にお婿さん候補を見つけないから、こうなったのよ」

「大学へ行ったのは、学位のためだもの」

「そのせいで女としての位は〝銀〟になってしまった」

「〝銀〟って？」

「独身女の価値は二十一をすぎると下がる一方なの。〝銅〟になる前に旦那さんを見つけないとね」

サンはむきになって抗議した。

「来るべきときが来れば、いい人が現れるわ！」

「お父さまは、今が〝来るべきとき〟だとお考えなのよ」

母親はそう言って自分で笑った。

冗談にならない冗談に、サンの気分はいっそう重くなった。


安アパートの一室でジンはネクタイを締めていた。

これから会う相手に気に入ってもらえれば、人生も開ける。そう思うからこそ、ネクタイも高価なものを奮発したのだ。

「おい、ジンス。おまえ、今年は恋人が見つかる運勢だぞ」

いっしょに部屋を借りているタイスが声をかけてきた。クーラーもない部屋でランニングシャツ一枚になっている彼は、先ほどから安物のソファで易学の本に見入っている。

「その本に書いてあるなら間違いないな」ジンは笑って占い好きの彼をからかった。

「おれのばあさまはこの本のとおりにして、じいさまに出会ったんだ。絶対外れないんだぜ」

シングルノットを二回も結び損ねたジンは親友に向いた。

「じゃあ聞くが、未来の恋人の見た目はどんなだ？　会ったときにわからないと困るだろ？」

タイスが勇んでページに目を戻す。ジンがネクタイを結び終えたとき、彼は顔を上げた。

「オレンジだ！」

「オレンジ？」

「ああ、そうさ。おまえの恋人になる人はオレンジ色に関係ある」

「それじゃ、オレンジの彼女が別の男を見つけてくれることを願おう」ジンはベッドに腰かけ、靴を履《は》きながら言った。「今はとてもじゃないが誰かを養えないからな」

「養ってもらえばいいじゃないか？」

「そんなの、男のすることじゃない」

「じゃあ、どんなのが男のすることだ？」

ジンはタイスに言い聞かせるように声を高めた。

「男はまず人生の目標を持つ。ほかの誰よりも懸命に働き、昇進して研修を受ける。そして経営幹部になる。誰からも尊敬される地位に昇りつめるんだ。そうなれば、漁師の息子だって扱いは変わってくるからな」

相手が親友だから明かせるジンの本心だった。

だがタイスは小さく笑い、肩をすくめた。

「大きく出たな。今日のはただの採用面接じゃないか」

「重要な採用面接さ」ジンは立ち上がり、自分の格好を見せた。「どうだ、キマってるか？」

「キマってるよ。……でもネクタイに値札がついてるぜ。取ってやろうか？」

「よせよ。明日返品するには、これがなきゃダメさ。さもないと一週間分の稼ぎがパーだ」

上着を着込んでドアに手をかけたとき、タイスがいたずらっぽく訊いてきた。

「おまえの留守中に恋の女神さまが訪ねてきたら、おれはどうすればいい？」

「待つように言っといてくれ」

ジンは意気揚々と出かけた。


ジンが深刻な顔つきでうつむき、物思いに沈んでいる。

彼が何を思っているのか痛いほどわかり、マイケルは近づいて肩に手を置いた。

「大丈夫だよ。サンにはまた会える。すぐだ」

目を上げたジンが無言でうなずく。

隠れ家の部屋の向こうでは後部座席の五人が顔をつき合わせて何ごとか相談している。それを見やってからマイケルはソーヤーに小声で言った。

「私たちをどうするか話し合ってるんじゃないか？」

「きっとおれたちの誰から先に食おうかっていう相談さ」

ややあって会議が終わり、アナ＝ルシアがまっすぐ彼らのほうへやってきた。

「あなたたち全員立って。行くわよ」

「行くって、どこへ？」マイケルは訊いた。

「食料や水の確保をあなたたちにも手伝ってもらう」

「何だって？」ソーヤーが食ってかかる。「今度はおまえのために働けっていうのか？」

「違うわ。長い旅になるから、それに備えるの」

「旅？　どこへ？」

「あなたたちがいた場所へ」

マイケルはソーヤーと顔を見合わせた。そして三人は腰を上げた。


「危険はないわ」

ドアから外をうかがったアナ＝ルシアの合図で一同がゆっくりと施設から出る。

ソーヤーは彼女からわざと遅れるようにしてドアを抜け、マイケルに囁《ささや》いた。

「マイク。今ここで脱走しようぜ」

だがマイケルはそっけなく首を振る。「何をするにも、もっと状況を見極めたほうがいい」

何を今さら……と非難しかけたとき、目の前に大男がぬっと現れた。

「教えてくれないか？」

彼の声には親しみが込められている。それにシャツを着込んだ今は、もはや凶暴な原住民というイメージはない。

「あんたたちのいたキャンプでは、海に向かって立ったとき、どの方向に日が沈む？」

ソーヤーはジャングルの背後にそびえる山のほうを指さした。「あっちのほうだ」

「それでは、日が昇るのは？」

「当然、その反対側だろ？」

「頼むから、方角を正確に思い出してくれないか」

「向こうだ！」

手で方角を示したが、ソーヤーには確信もないし、親切に教える気もない。

「ありがとう。ところで、いかだで航行したのは何日間だ？」

「一日だ」マイケルが答える。「昼間に出航して、その日の夜半に……」

息子のことを思い出したのか、そのまま口をつぐんでしまった。その様子をじっと見た大男がアナールシアに振り向いて言う。

「たぶん徒歩で二日か三日の距離だろう」

かなり厳しい旅程になることを覚悟したのか、アナールシアは硬い表情で一同を見た。

「みんな聞いて。これから食べ物と水をできるだけ多く集める」そこでソーヤーたちに視線を向ける。「新入りさんに言っておく。ジャングル内は必ず二人ひと組で移動すること。それぞれ武器を持ち、物音を立てずに可能な限り速く移動する。どうしても必要な場合以外は話をしないで。集合はここに一時間後よ」

マイケルが口を開いた。

「ひとつ説明してくれないか？　なぜあんたたちはそんなにピリピリしてる？」

「時間がないわ。旅の途中でお互いの情報を交換するのはどう？」

「いいね」ソーヤーはニヤニヤしながら言った。「ついでにしりとりでも楽しもう」

アナ－ルシアがにらみ、にわかに空気が張りつめたとき、大男が歩きだした。

「出発前にあたりを偵察しておく」

アナ－ルシアは振り返り、客室乗務員の女性に言った。「シンディ、いっしょに行って」

シンディがうなずいて大男についていくのを確認してから、彼女はリビーに指示する。

「あなたは果物を探してきて。彼といっしょに」そう言ってマイケルを指し示す。

「マイケルよ」リビーがかすかにたしなめる口調で言った。「彼の名前はマイケル」

「わかったわ。お願い、マイケル」

ソーヤーは引き止めようとしたが、マイケルは「大丈夫だ」と出かけていった。

「バーナードと私は魚を獲《と》るわ」とアナ－ルシア。

「〝サカナ〟?」その一語を聞き取ったジンが進み出て自分のことを指さした。

「この男は魚獲りに詳しい」ソーヤーは彼女に伝えた。「おれがあんただったら迷わず連れてくぜ。ま、あんたはおれじゃないから、どうするかは知らないが」

「いいわ。ついてきて」

ジンにあごをしゃくり、アナ-ルシアは歩きだした。

「おい、おれは何をすればいい?」ソーヤーはその背中に言った。

行きかけた彼女が振り返る。「ここにいて」

「何だと? おれを役立たず扱いする気か?」

アナ-ルシアは何も言わずに近づいてくると、いきなり彼の肩をこぶしで突いた。

たちまち痛みが全身を突きぬけ、ソーヤーはうめき声を上げた。

「私があんたなら休んでおく。長いハイクになるから、遅れたら置いてくわよ」

そう言ってアナ-ルシアはすたすたと歩いていってしまった。

ソーヤーは彼女の姿がジャングルに消えるまで、まばたきもせずにらみ続けた。

サンは自分のテントに戻ってから、荷物という荷物をすべてひっくり返してみた。衣服のポケットもくまなく探し、ベッド代わりのマットをめくって砂を掘り返してみたが、指輪はどこにも見当たらない。いらだちがつのり、服を力任せに砂地に投げつけたとき声が聞こえた。

「サン、どうしたんだ？」

ジャックだった。サンは座り込み、今にも泣きそうな声で訴えた。

「結婚指輪をなくしてしまったの」

歩み寄ってきた彼はサンの前にしゃがんだ。

「最後に見たのはいつだ？」

「覚えてるのは、ジンが出かけた日よ。……私、ずっと指にしていたから意識なんてしたことがなかった。いつ落としたのかわからない」

「どんな指輪？」

「プラチナで洋ナシ形の石がついてる。とてもきれいな……」

うなずいたジャックは落ちている服を拾い、たたみ始めた。

「僕も昔、結婚指輪を失くしたことがあってね」

サンは思わず彼の顔を見た。ジャックが身の上話をするのは珍しい。

「それは見つかったの？」

「いいや。それこそ必死になって探したけどね。思いつく限りの場所を……家の外のゴミ回収ボックスまで行って袋をひとつ残らず逆さまにしたし、洗面台の排水口に落としたかもしれないと思ってパイプを全部分解したよ。でも、出てこなかった」

「奥さんは何て言った？」

「彼女は気づかなかった」

「どうして?」

「宝飾店に行って、こっそり同じ物を作らせたんだ。……君と僕だけの秘密だよ」

サンは思わず笑い、反射的にジャックの左手に目をやった。だが、そこに指輪はない。

視線に気づいた彼は自分の左手を見下ろし、明るく言った。

「今は家のタンスの引き出しに、靴下といっしょに転がってるよ」

彼の言葉の裏にある痛みがほの見えて、サンは気まずさを覚えた。

「探すのを手伝おうか?」ジャックが訊く。

「いいえ。ありがとう。そのうち出てくると思う」

そう言って彼女は笑顔を向けた。ジャックが笑みを返して立ち去る。

彼が背中を見せたとたん、サンの顔から笑みは消えた。


ジンは岩場の大きな潮だまりを見下ろしていた。岩にのんびりと腰を下ろし、ウニの身を少量ずつちぎっては海面に撒《ま》いていく。

「ヘイ! ユーワナヘルプアス、オーバーヒア?」

離れた浅瀬でアナ-ルシアが叫んでいる。手伝えと言っているのだろう。

ジンがかぶりを振ると、彼女は網を海中に放り、バーナードに合図した。バーナードが海面を棒で叩いて魚を追い込む。

その光景を見てジンは苦笑を禁じえなかった。あんな方法では網に入る前に魚がみんな逃げてしまう。

アナ－ルシアは網を引き上げ、獲物が入っていないのを確認すると、不機嫌そうに叫んだ。

「ユーワナ、イート？　ヘルプアス！」

手振りで食べる真似をする。手伝わないなら食べさせないわよ、というわけだ。

「そんな方法じゃお粗末すぎる。あんたたちがずっと腹を減らしているのも無理ないな」

韓国語でそうあざけると、彼女は「言葉がわからない」と言うように怒った。

言葉を理解できなくてもこれなら理解できるだろう。ジンはそう思いながら立ち上がり、ウニを撒いたあたりにさっと網を投げた。すぐに引き寄せると、網には体長四十センチほどの丸々とした赤い魚が四尾、小ぶりの魚が六尾ほど入っている。

ジンは獲物を掲げてアナ－ルシアとバーナードにひと言告げた。

「フィッシュ！」

二人は口をあんぐりと開け、感嘆のまなざしを返すだけだった。

この島では漁師の息子は尊敬の対象になるらしい。ジンは再び苦笑した。


支配人のオフィスでジンは神妙に座っていた。

室内はしんと静まり返り、壁際にある重厚なアンティーク時計の振り子の音しか聞こえない。デスクの向こうでは、ホテルの支配人がにこりともせずに履歴書に目を通している。まるでどんな小さな欠陥も見逃さないといった執拗《しつよう》さだ。ジンは目を伏せ、デスクにある〝キム・グワンハク〟のネームプレートを見つめていた。

「君は〈アシアナ・ホテル〉で働いていたのだな？」キム支配人がだしぬけに訊いた。

「はい。おっしゃるとおりです」

「皿洗い係で採用と書いてある」

「じきにウェイターになりました」わずかに誇らしさをにじませて答える。

いぶかるように支配人が顔を上げた。

「あちらではそうした昇進はないと思うが？」

「はい。普通はありません。私は数少ない例外だと思われます」

支配人の表情がたちまち険しくなる。何かまずいことを言っただろうか。ジンが内心の動揺を押し隠して見ていると、彼はファイルを閉じて立ち上がり、デスクを回ってきた。

「君はどこの村の出身だ？」

ジンは虚をつかれて身体をこわばらせた。

「どういうことでしょうか？」

「君はどう見ても都会育ちではないな。どこの村だ？」

「南海《ナムヘ》です」韓国南岸の漁村の名を恥じ入りながらぼそぼそと告げる。

「なるほど。どうりで魚臭いと思った」

反射的に支配人を見上げたが、メガネの奥で冷たく光る目とぶつかり、すぐに無理して笑みを浮かべる。ここは自分のプライドなどにこだわってはいられない。

突然、キム支配人が手を伸ばしてきて、ネクタイの値札を引きちぎった。

「こんなものが飛び出ていたぞ」

「恐れ入ります」返品できなくなった落胆を何とか押さえ込む。

支配人はデスクに向き直り、インターコムのボタンを押した。

「クォン・ジンス氏は採用だ」

ジンは驚いた。思わず口元がほころんだが、すぐに真顔に戻す。

「今日から仕事を始めてもらう」支配人はデスクに戻った。「雨の日も晴れの日も働いてくれたまえ。昇給や休みを求めるな。つねに身だしなみを整え、時間を守ること。君には正面玄関を担当してもらう。ドアを通すすべての人間に君が責任を持つんだ。わかったな？」

「はい。承知しました」

ノックの音とともにアシスタントが入室し、たたまれた制服を差し出した。トップコートに糊《のり》のきいた白手袋にシルクハット。ジンは立ち上がり、丁寧な一礼とともに受け取った。

「ミスター・クォン。わが〈ソウル・ゲートウェイ〉は国内最高級ホテルのひとつに数えられている。お客さまが最高のもてなしを期待しておられることを忘れるな。ホテルにふさわしくない人間をくれぐれも出入りさせないように。君のような出の人間をな」

さっと顔が紅潮するのを隠すようにジンは深々とお辞儀をした。

「承知いたしました！　全力を尽くす所存です！　感謝申し上げます！」


マイケルは短い棍棒を握り、深いジャングルを歩いていた。

背後を歩くリビーはまるで死神が持つような大鎌を手にしている。刃の代わりについているのはブーメランらしい。

「謝るわ、マイケル」歩きながら彼女がぽつりと言う。

「何について？」

「あなたやお友だちを穴倉に放り込んだこと」

マイケルは乾いた笑いを返した。

「友だち、ね……。そんなふうに考えてもいなかったよ。ひとりは友だちだけどな」

「南部なまりの人は違うの？」

リビーの鋭い指摘にうなずく。「ああ。彼は違う」

「どうして？」

「それは……彼とは共通点がほとんどないし、扱いにくい」

「確かに、怖がっている人を扱うのは大変だものね」マイケルはその真意がわからず見返した。彼女は笑みを浮かべて続ける。「肩に銃弾を受けてるのに、できることといったらせいぜい自分を助けてくれる人間に侮蔑的なあだ名をつけることぐらいなんだもの。今まであんなに恐怖におびえている人を見たことないわ。それに……恐怖がどんなものか、私もよく知ってる」

まるで心理分析をするように意見を述べる彼女にマイケルは訊いた。「だから穴に閉じ込めたのか？　私たちが怖かったから？」

「そうね……。私たち、他人を信用できない訳があるの」

「なるほどね。そりゃ仕方がない」

皮肉で話を打ち切り、マイケルは歩き続けた。

だが、リビーは話を続けた。「アナールシアから聞いたんだけど、息子さんをさらわれたんですって？　あなたは今、きっと無力感を感じているんでしょうね」

マイケルは彼女を鋭く見返した。確かに無力感を感じている。どうしようもなく。今すぐにでもウォルトを取り返すために行動を起こしたい。だが、彼女に指摘される筋合いはない。

「ごめんなさい」リビーは触れるべき話題でないことに気づいたようにたじろいだ。

「いや……いいんだ」彼は気まずさを振り払うように周囲を見やった。「しかし、フルーツなんてどこにも見当たらないじゃないか」

「ここらへんの木はみんなもいでしまったの。でも、ときどき地面に落ちてるから……」

そのときマイケルは遠くの丘に果樹の群生を見つけた。

「向こうに行こう。島の奥にはまだたくさんありそうだ」

「あっちはダメ」

「どうして？」振り返ってみると、リビーの目には明らかなおびえがあった。

「向こうには〝彼ら〟がいるから」

〝彼ら〟が誰かすぐにわかった。マイケルは島の奥を見やった。

あそこにいるのだ。息子を奪ったやつらが……。


壕の入り口前にある太い倒木にもたれてうつらうつらしていると、いきなり幹になたが突き立ち、ソーヤーは飛び上がるほど驚いた。

目を上げると、漆黒の大男が見下ろしていた。

「何かあったら、それで身を守れ」

ソーヤーは力を入れて幹からなたを抜いた。旅客機の金属破片を加工した大型の刃物だ。

「あんたが作ったのか？」

大男は無言でうなずく。

ソーヤーは立ち上がった。数メートル離れた場所ではアナ－ルシアを中心に、ジン、バーナード、シンディが魚を熱帯樹の葉に包んで旅支度を始めている。

「あんたの名前は？」ソーヤーは大男に向き直って訊いた。

「ミスター・エコー」

「ミスター……エコー？」

「そうだ」彼は大きな口から白い歯を覗かせた。

奇妙な名だとソーヤーは思った。「ミスター・エドみたいだな」

だが、エコーはそれが人間の言葉を喋《しゃべ》る馬の名だと知らないのか、侮辱的なジョークにも表情ひとつ変えない。

ちょうどそのとき、茂みからリビーが走り出てきた。すっかり血相を変えている。彼女が食料準備の輪に飛び込んで何ごとか話したとたん、アナ＝ルシアが立ち上がった。

「みんな立って。今すぐ出発よ」

「出発って、どういうことだ？」ソーヤーは尋ねた。

「あんたのお友だちがひとりでジャングルに逃げたらしいわ」

「マイケルが急に行ってしまったの」リビーが言った。

いったい……。ソーヤーが怪しんでいると、ジンが立ち上がって韓国語でまくし立て始めた。

「"ウォルト"」ジンは最後にはっきりとそう付け加えた。

ソーヤーは内心で舌打ちした。息子を奪い返しに行ったに違いない。それも単身で。

「出発するわ」アナ－ルシアが宣言した。「シンディは水を、リビーは無線機を持って」

ソーヤーは驚いた。「ちょっと待て！　無線機があるのか？　それは使えるのか？」

「いい考えね。出発前からペースを落とさせないで」

アナ－ルシアがあざけるように言ったとき、ジンが立ちふさがった。

「ノオ！　マイケル！」

「急いでここから移動するのよ。彼が私たちの居場所をやつらに吐《は》く前に」

ジンは彼女を見限り、ソーヤーに向いた。

「マイケル！」そう言って手錠のついているほうの手でジャングルを指さす。

「気持ちはわかるが、どうすりゃいい？　やつを待つのか？　子供が見つからなきゃ帰ってきやしないぜ。ウォルトさ。ウォルトなしじゃ戻らない。やつが見つけられると思うか？」

大意は理解したのだろうが、ジンは視線に非難を込めたままだ。

「いいか？　やつはおれに命を助けてもらったのに、責任をおれに押しつけるような男だぞ。おれは同じ間違いは二度と犯さない。わかるか？　誰だって自分がかわいいんだ、チューイー。

マイクはマイクのことを心配し、おれはおれのことを心配する」

だが説得は実らず、ジンはまなじりを決してきびすを返した。

「待て」彼の行く手を遮ったのはエコーだった。

ジンは回り込もうとする。エコーはその胸を手で押して止めた。

「頼むから」

目にも止まらぬ速さでジンは大男を殴った。だが、エコーはわずかにのけぞっただけで頭突きを返し、ジンは地面に倒れてしまった。

それでも韓国人は頭をひと振りすると立ち上がり、自分より背の高い相手をにらみ上げた。その視線をじっと見返していたエコーは、やがて無言で道を譲った。止めても無駄《むだ》だと判断したらしい。

あわただしくジンが行こうとしたとき、エコーは叫んだ。

「待て！　方向が違う。彼はやつらのほうへ行った」反対側の茂みを指さす。

方向転換したジンに、大男は地面からブーメランで作った大鎌を足で引っかけて拾い上げ、手渡した。

アナ－ルシアが冷ややかな表情でエコーに近づく。「何をするつもり？」

「彼が友だちを捜すのをおれも手伝う」

「私たちは待たないわよ」

「わかってる」

穏やかな口調でそう言うと、エコーはジンにうなずきかけて歩きだした。

彼を追って歩きだしたジンは、つと振り返り、決然とした顔で最後の一瞥《いちべつ》を送った。だが、ソーヤーは気まずく目をそらした。

「ホントさ、おれは探しものの天才なんだ」

大げさな身振りでハーリーが言う。サンは砂浜を並んで歩いている彼をまじまじと見た。

「おれはしょっちゅう何かを失くすんだ。けど、本当になくなったわけじゃない。どこかにあって、そいつはおれに見つけてもらうのをじっと待ってるんだ」

「待ってる？」

「そのとおり。まずやるべきなのは行動を順に思い出すことさ。きのうは何をした？」

サンは記憶をたどった。

「朝起きて、顔を洗って、シャノンと散歩して、果実を採って、それを切ってビンセントに食べさせて、海岸に戻ってから……」

「待った！」ハーリーが立ち止まる。「犬にエサをやった？」

彼女はうなずいた。

「それだ！」

十分後、二人は海岸から少しジャングルに入った草地で、並んで倒木に腰を下ろしていた。

目の前ではビンセントが地面の匂いを嗅《か》いだり、後ろ足で身体をかいたりしている。

その様子をサンもハーリーも無言でじっと見つめる。だが五分経《た》ち、十分が経過しても、犬の身に変化は訪れない。

「それで……」ハーリーが気まずい沈黙を破るように口を開いた。「ソウルっていうのは、いいコリアと悪いコリアのどっちにあるんだ？」

サンは彼の子供並みの認識に半ば呆《あき》れつつ答えた。「いいほうよ」

そこで沈黙が下りる。しばらくしてからまたハーリーが質問した。

「それで……ソウル・オリンピックは見に行った？」

答える気も起きず、サンは困惑して彼を見やった。

「ねえ、ハーリー。この方法って何だかバカバカしくない？　ビンセントが、その……出すのを待つなんて。いくら犬でも指輪なんか食べないわ」

「何言ってるんだ？　犬は何でも食っちゃうんだよ。子供のころ、バスターって犬を飼ってたんだ。おれはいつもお釣りの小銭を大きな引き出しに入れといたんだけど、ある日そこにマーブル・チョコをしまっといた。そしたら次の日チョコがなくなってて、おまけにバスターのクソから一ドル三十五セント分の硬貨が出てきたよ」

どう反応したものかわからず、サンはそっと視線をそらした。

ビンセントは飽きもせずに地面を嗅ぎ回っている。

「犬を飼ったことはある？」しばらくしてハーリーが訊いた。

その質問にはサンもこころよく答えられる。「ええ。ジンが子犬をくれたの」

「名前は？」

「ポッポよ」

「ポッポ？　……それは韓国語で何か意味があるのか？」

「意味は〝キス〟よ」

「〝キス〟か……キスね……」

ハーリーが感嘆したように繰り返す。

サンは彼にほほ笑んだが、気持ちはみるみる切なくなっていった。


運転手つきのメルセデスが〈ソウル・ゲートウェイ・ホテル〉に到着しても、母親の注意事項はまだ続いていた。

両手はつねに膝《ひざ》の上に。身振り手振りは控える。直接質問されるまでは口を開かない……。

サンは嫌気がさしながら車を降り、正面玄関に歩いた。すると待ち構えていたかのように仲人のシン夫人が駆け寄ってきて一礼した。

「こんにちは。まあ、おきれいなお嬢さまですこと。あちらもすてきなかたですよ。ハンサムで高学歴で、お父さまはここ以外にも十二のホテルをお持ちですのよ」

まくし立てられる情報に辟易《へきえき》としながらもサンは、採用されたばかりのドアマンが深々とお辞儀する横を抜け、ホテル内に足を踏み入れた。

見合いの場所はティールームだった。とはいえ周囲には従業員が警備網を敷いており、ほかンの客はひとりもいない。

　広いテーブルには片側にサンと母親、向かい側に相手の男と母親、両者を眺める位置にシン夫人が座る。顔合わせが型どおりに進む中、サンは伏目がちに相手を見ていた。

　名前はイ・ジェ。二十五歳で、シン夫人の言うとおりハンサムな男だった。頭を完全に剃《そ》り上げており、それが彼の精悍《せいかん》さをいっそう強調している。だが、先ほどから一度も笑おうとしない。

「本当に素敵なホテルですわ」サンの母親が言う。

「恐れ入ります。ところで、お嬢さまはソウル大学をご卒業されたとか」とジェの母。

「ええ。でも、もちろんご子息さまのハーバードには遠く及びませんわ」

　称賛と恐縮が互いの母親の間で順番に繰り返される。

　まるで茶番だわ。サンは一刻も早く逃げ出したいと願いながら座っていた。

「ここは若いお二人に任せて、私たちはそろそろ……」

　まるで計ったようなタイミングで切り出されたシン夫人の言葉を合図に、二人の母親は立ち上がった。

　すぐさまサンとジェも席を立って、年長者たちを見送る。彼女たちがお喋りをしながらティールームから消えると、若い二人は席に戻った。

　とたんにジェは大きなため息をつき、くつろいだ格好で足を組むなり笑顔を見せた。とても温かみのある笑みだった。

「あなたに見合いを勧めたのはどちらです？　お父さま？　それともお母さま？」

そのざっくばらんな言いかたにサンの緊張もゆるんだ。

「父です。母を通じてですけど」彼女は答えた。「あなたは？」

「僕のほうも父です。母を通じて。そして伯母を通じ、祖母も通じて」

言いながら自分で笑うジェにつられて、サンも頬《ほお》をゆるめる。

「うちの父なんか、私を大学に行かせたことを失敗だったと考えてるんです。花婿を見つけられなかったからって」

「大学では何を学ばれたのですか？」

「美術史です」

「そうですか。では、ここのギャラリーはご覧になりました？　東館にあるのですが」

「もちろん拝見しました。特にジョルジュ・ブラックの絵が素晴らしかったです」

それを聞いたジェの反応は率直そのものだった。

「実は僕は美術はよくわからなくて……」

「あなたの専攻は？」

「中世ロシア文学です」そこで彼は大げさな困惑の表情を見せた。「ところがどういうわけか、ホテル経営をすることになってしまった」

「そうですね。どういうわけか……」

二人は笑みを交した。互いに大企業のトップを父親に持つ子供の宿命は、言わずとも理解し合えるのだった。

ジェはわずかに身を乗り出してサンを見た。「正直言って、見合いなど具にもつかないものだと思ってました。……その認識は改めるべきらしい」

照れ臭さを感じながらサンは答えた。「私も同じ気持ちです」

「あなたともう一度お会いできればと思っています。ですが、どうにも仕事が忙しくて……」

「わかります」サンは内心で落胆を覚えていた。

「よろしければ、金曜日にここでランチでもいかがですか？」

サンは反応が早すぎも遅すぎもしないように注意して答えた。

「ええ、喜んで」


ジンは丘の上に出た。周囲を一望したがどこにも見覚えのある風景はない。

前を行くエコーは痕跡《こんせき》を追う能力でもあるのか、ためらうことなく足早に進んでいく。ほかのメンバーと違って彼からは恐怖心を感じない。彼の手になじんでいる棍棒はどんな武器より頼りになりそうだ。

やがて丘を下り始めたとき、エコーは足を止めてあたりを見た。にわかに表情が曇る。それを見たジンは、マイケルが望ましくない方向へ向かったのだと察した。

突然、離れた茂みの向こうで小さな物音が聞こえた。枝を踏み折るような音だ。あそこにマイケルがいる。ジンはそう確信して走りだした。

「ノー!」エコーが止めようとする。

「マイケル」ジンは彼にそう言いおいて走った。

「ウェイト!」

制止に耳を貸さず、ジンは音を目指して駆けた。低木が林立する一角に出る。彼は立ち止まって周囲に目を配った。

数メートル先の茂みが、がさっと揺れた。マイケルだろうか? そう思って目を凝らしたとき、いきなり獣の鳴き声が響き、黒い物体が飛び出してきた。イノシシだ、と気がついたときには直前まで突進してきており、ジンはあわてて横に飛びのいた。

衝突は避けられたものの足を滑らせ、彼は斜面を転がり落ちていた。いつの間にか大鎌も手放し、天地が幾度となく回転する。平らな草地に背中を叩きつけられ、ようやく転落が止まった。

背中の痛みにうめきながら上体を起こす。とたんに目に飛び込んできた光景に驚き、悲鳴を上げながら後ずさってしまった。

死体があった。くいが胸に突き刺さった血まみれの男。仰向《あお》けになった顔を確かめるとマイケルではない。そのことに安堵《あんど》するや、あたりに漂う強烈な腐臭が意識された。すでに何日も前からここに放置されているらしい。

ジンがおそるおそる近づき、鼻をつまみながら観察していると、エコーがやってきた。

「ヒズネームワズ、グッドウィン」

ネーム……名前。男の名はグッドウィン？　ジンはハッとし、死体を指さしながら訊いた。

「〃アザーズ〃？」

エコーはある種の感情のこもった一瞥を死体に送ると、静かにうなずいた。

ジンはスコットのことを思い出していた。何の罪もないのに〃アザーズ〃によって殺害された男。グッドウィンも彼と同じような犠牲者なのだろう。だが詳細をエコーに問いただすだけの語彙《ごい》を持ち合わせていない。

男のことを忘れ、彼は再びマイケル捜しを続けることにした。

しばらく歩いたところでエコーがぴたりと足を止め、地面に屈《かが》み込んだ。植物のひとつに手を触れている。

「マイケル？」彼の痕跡か、という意味でジンは尋ねた。

「ノー。フォーユアカット」

立ち上がったエコーが折り取ったアロエを差し出したのを見て、「傷に塗れ」と言っているのだとわかった。それを受け取り、転落のときに切った手や眉《まゆ》の上の傷に葉肉をこすりつける。

アロエで手当てしていると、どうしてもサンのことを思い出してしまう。

自然と小休止することになり、エコーは近くの倒木に腰を下ろした。

「ソー……ユーアーマリード？」

ジンが意味を取れないでいると、エコーは彼の手を指さしてきた。

「リング」

指輪のことを言っているらしい。

「ユーハバ、ワイフ？」

結婚しているのか訊いているのだと理解し、ジンはうなずいた。「イエス」

そうか、というようにうなずき返したエコーが手製の水筒を差し出す。近寄って受け取ったジンは質問を返した。

「ユー？」

「ワース」

言葉はわからないが、彼の自嘲的な表情から、故郷に愛する妻が待っている身の上でないことだけはわかった。

「ユアワイフ、ホワットイズハーネーム？　……ネーム」

「サン」妻の名を答える。

「サン……。アア、ナイス。ワズシーウィズユー、オンザプレイン？」

ジンは首をひねった。

エコーは手を水平にして空を飛ぶ形を示した。「オン、ザ、プレイン?」

いっしょに旅客機に乗っていたのか……?

そうだ、とジンはうなずいてみせた。

「シーイズアライブ?」エコーが質問を続ける。

その意味はわかり、彼はうなずきながらジャングルのはるか向こうを指さした。

エコーはうれしそうに笑い、感じ入るように言った。

「ユーレフトハートゥゴーオンザラフト。ブレイブマン(あんたは妻を残していかだに乗ったのか。勇敢だな)」

ジンには言葉はわからないが、このエコーという名の男が他人に対して心を開く人間なのだということは理解していた。


サンは薬草畑に膝をつき、最近手入れした作物の周囲の土を丹念に掘り返していた。

素手で土いじりをしているうちに指輪が抜け落ちることは十分にありえる。だが、いくら土中をかき回しても現れない。

次第にいらだちがつのり、ついには感情が爆発した。薬草を一本引き抜くと、もうあとは止まらない。どれほど丹精込めたのかも忘れ、手当たり次第に作物を抜いて放り投げ続けた。泣き叫びながら畑をめちゃくちゃにしてしまう。

もはや指輪のことだけではなかった。ひとりでいること。ここにいること。島から出られないこと。自分を取り巻くすべてのことに怒りをぶつけていた。

やがて激しい嗚咽《おえつ》とともにサンは畑の真ん中にへたり込んでしまった。抱えた膝に顔をうずめ、あたりをはばかることなく泣く。

どれほどそうしていたのだろう。ふと目を上げるとそこに人影があった。瞬時にわれに返り、顔を見上げる。立っているのはロックだった。

「嫌なことでも？」彼が真顔で訊く。

とっさに笑顔を取りつくろおうとしたが、それは失敗に終わり、彼の前ですすり泣き続けてしまう。

ロックは静かにリュックを下ろすと近づいてきて、ズボンのポケットからシャツを裂いて作ったハンカチをそっと差し出してきた。

「洗ったばかりだ」

「……ありがとう」

サンは受け取って涙をふいた。

「ちょっと座ってもいいかな？」

彼女がうなずくと、ロックは土の上に腰を下ろした。

「見られちゃったわね……」

「畑を盛大に荒らしたことか？　いや、私は全然見ていない」

　サンは思わず笑った。ロックも白い歯を見せる。彼は散乱した作物の一本をつかみ上げ、植え戻しながらぽつりと言う。

「ときには私も畑を荒らしたいことがある」

「え？」彼女は驚いた。「あなたが怒ってるところなんか見たことないわ」

　ロックは声を立てて笑った。「以前はいつも怒っていたよ。いらいらしどおしさ。身動きが取れなくなっては怒り、先行きが不安になってはいらだった」

「今はもういらいらしないの？」

「もう自分を見失うことはない」

「どうすれば、そうなれるの？」

「探しものがひょいと出てくるときと同じ要領さ」

　ロックは両手で土を固めると、ほほ笑みながら付け加えた。

「探すことをやめたんだ」

　そのどこか哲学的な言葉の真意を、サンは今ひとつ理解できなかった。けれども、なぜか胸の奥で深く響いているのを彼女は感じていた。

サンは〈ソウル・ゲートウェイ・ホテル〉の一階にあるフレンチレストランでコンパクトを取り出した。

テーブルにはまだイ・ジェは来ていない。その間にもう一度化粧を点検しておく。ついでに服装も見下ろす。今日は光沢のあるシルクのワンピースを着てきた。小さな花模様のついたいかにも女性的なデザインだ。適度に胸も開いている。

前回のお見合いのときとは対照的に、サンは精一杯のおしゃれをしていた。できるだけ魅力的に映るようにと。

そわそわと落ち着かない気持ちをなだめながら待っていると、やがてジェがやってきた。

彼は仕立てのよさそうなスーツにノータイだった。上着の襟元にオレンジ色の小さな花のコサージュを着けている。さりげないがセンスが好ましい。

ランチの一時間はあっという間だった。食事はおいしく、ジェとの会話はこの上なく弾んだ。

「……で、そのときカードキーがドアの向こう側に落ちてしまって、僕は自分のホテルの廊下で閉め出されてしまったんです。タオル一枚の格好でね」

「まるで映画の中のお話みたい」

「僕はこのホテルのオーナーだと必死にメイドに説明したのに、彼女ときたらまったく信じてくれなくて。本当に途方に暮れましたよ」

サンは笑い転げ、ジェも笑顔で食後のワインを口にする。

笑いがおさまってから彼女は相手を見つめて言った。

「何だかとても信じられない思いです。あなたがこんなに……普通のかたで」

これだけの地位と資産がありながら、おごらず高ぶらない。知性にあふれ、地に足がしっかりと着いている。今までいわゆる上流社会の人間と数多く知り合ってきたが、ジェは彼女にとってまったく会ったことのないタイプだった。

彼は謙遜《けんそん》するように静かにかぶりを振った。

「あなたこそ素敵です。こんなにうまくことが進むなんて思ってもみませんでした」

ことが進む……。それはつまり、結婚に向かって進むということ？　彼とならそうなってもよいと思う。けれども、話の展開が少し早くはないだろうか？

「これからもこうしてぜひあなたに会いたい」

サンがほほ笑みを返すと彼は続けた。

「そうすれば、お互いの両親もきっと喜ぶでしょうからね。しばらくは見合いもないし、圧力もない。自由でいられるわけだ」

圧力？　自由？　どういう意味なのだろうとサンはいぶかしんだ。

「僕の秘密をお教えしましょうか？」

「ええ、ぜひ」サンは強くうなずいた。

「ハーバードに留学中、あるアメリカ人女性と知り合ったのです。父は予想もしてないでしょうが、僕は半年以内に渡米して彼女と結婚するつもりです」

それを聞いてたちまち笑みが凍りつく。サンはあわてて取りつくろい、芽生えつつあった気持ちに気づかれぬようににっこりと笑ってみせた。

だが、ジェは目を見開いた。「あの、まさか……」

「いいえ」サンは間髪をいれずに否定した。「アメリカなんて素敵だわ」

「僕はてっきり……」

サンはきっぱりと首を横に振り、それ以上恥をかかされないように彼の言葉を遮った。

「おめでたいお話を聞いて私もうれしいです」

そこへホテルの支配人がやってきた。

「イ・ジェさま。ほかにご注文はございませんか？」

「いや、結構だ」

ジェがいらだたしげに答えると、支配人はサンに向いた。

「コーヒーかデザートをお持ちしましょうか？」

彼女にとってそれは席を立つきっかけを与えてくれた。

「いいえ、結構です。これから約束があるものですから」

言いながらハンドバッグを持って立ち上がる。

ジェがあわてたように席を立つ。「サンさん！」

「お昼をごちそうさまでした」

一礼してサンはテーブルをあとにした。

ジェは当惑しているのか、立ちつくしたまま追ってこようとはしない。

サンは振り返ることなく、逃げるように足早に正面玄関へと向かった。

鬱蒼《うっそう》とした樹林が途切れ、小さな空地に出たとき、それがエコーの目をとらえた。

「そっちじゃない。こっちだ」

猛進しようとするジンをそう言って引きとめ、地面に屈み込む。土の上にくっきりと残された靴跡。縁の土がまだ濡《ぬ》れているところを見ると、靴跡の主がここを歩いてからまださほど時間が経っていない。

隣に屈んだジンに説明する。

「かかとの周囲に水気がある。まだ新しい。彼の痕跡だ」

「マイケル？」ジンが訊く。

「そう、マイケルだ」エコーはうなずいた。「〝彼ら〟はけっして足跡を残さない」

エコーはつま先の方向に続いている靴跡を追って先を急いだ。

タコノキが密生する傾斜地を小走りに下り、丈の高い草の生えている平地に出る。

その瞬間、エコーはぎくりと足を止めた。

彼のアンテナが何かをキャッチしたのだ。物音か匂いか、空気の流れかもしれない。正体はわからないが頭の中で警報が鳴っている。エコーはさっと手を上げて背後のジンに注意をうながした。

「どこ?」

ジンが一語で訊いてきたが、それに答えずに周囲に全神経を研ぎ澄ます。

「どこ?」

再び尋ねてきた韓国人の口を手のひらで乱暴に封じる。

異変を確認できないままエコーは彼を強引に引っ張り、深い草やぶの中に押し込んだ。自らも隣に身をひそめ、唇に指を当てて静かにするよう指示する。

生い茂るシダの中から二人は目だけを覗かせた。視界は葉と葉の間のわずかな隙間《すきま》しか確保できない。

小鳥のさえずりしか聞こえない牧歌的ともいえる樹林の草の中で彼は待った。

腹ばいの姿勢で息を殺すこと数分。視界にいきなり人間の脚が見えた。

隣でジンがびくんと身じろぎするのが感じられる。

エコー自身も息を呑《の》んでいた。目の前を通りすぎる脚は素足で、草や落ち葉や小枝を踏んでいるのに、ほとんど音らしい音を立てない。

息を凝らす二人の前を、次々に脚が通過していく。長いズボンをはいた者、脚をむき出しにしている者、すねが泥だらけの者。十名ほどの人間が歩いていくが、誰ひとりとして足音を発しない。

一列縦隊で行く彼らの最後尾らしき人間が行きすぎた。

その脚は明らかに子供のものだった。彼もしくは彼女はぬいぐるみを所持している。ひもでぶら下げた汚れたテディベアだ。

エコーはそっと隣をうかがった。ジンが食い入るように見つめ返している。その目は明らかに答えを求めていたが、エコーも答えを持ち合わせていなかった。

脚の隊列が消えて一分ほどが経過した。ジンが起き上がろうとしたが、エコーは彼の肩を押さえつけて制した。

次の瞬間、別の脚が現れた。今度は成人のものだ。その脚も素足だったが、なんと後ろ向きに歩いている。そればかりか大きくて固そうなシュロの葉を引きずり、すばやく左右に動かして地面を掃いていく。痕跡を消しているのだ。

一列で歩き、最後のひとりが証拠を隠滅する。何とも効率的なやり方だ。

偽装役が視界からいなくなった。

エコーは待った。〝彼ら〟が行き過ぎたと確信してもまだ待つ。

そして五分以上経ってからようやく草の中からゆっくりと起き上がった。ジャングルを透かし見て人影のないことを確認し、ジンに合図する。

立ち上がったジンは〝彼ら〟の向かった方向を指さした。

「マイケル。マイケル」

早く追おうと訴える彼にエコーはかぶりを振った。

「そっちには行かない。彼らには捕らわれていないからだ。彼らはあっちから来て、あんたの友だちはこっちへ行った」彼は両手を直角に交差させて見せた。「彼らの行く手を危ういところで横切ったんだ。本当にラッキーだったな」

ジンは何か考え込む様子を見せてから、自分たちが歩いてきた方角を示して言った。

「あなた、戻る」

次いでマイケルの行ったと思われる方向を指さす。

「私、行く」

そう言うなり走り出そうとする。エコーはあわてて彼の肩をつかんだ。

「ダメだ。いっしょに行こう」

ジンは頑ななまなざしで見返していたが、了解してうなずいた。

二人は再び追跡を開始した。


採用から数日にして、ジンはドアマンがすっかり板についていた。

客の出入りに合わせて正面玄関のガラスドアを開閉するタイミングのコツもすでにつかみ、

つねに明るい笑顔を絶やさない。

「ありがとうございました」

ロビーから出てきたビジネスマンにドアを開け、深々とお辞儀をする。

顔を上げたとき、ドライブウェイにメタリック・グレーのポルシェ911が滑り込んできて正面玄関前で停車した。

サングラスをかけた運転者の剃り上げた頭を見たジンは、即座にオーナーの息子イ・ジェだと気がついて駆け寄った。

「こんにちは、イさま」

一礼の姿勢で運転席のドアをさっと引き開けると、ルーフのない車体からジェが降り立つ。

車を駐車係に任せるや、ジンはすぐさま持ち場に向かった。その途中でいきなりジェに呼び止められた。

「それを借りてもいいかな？」

「は？」ジンは戸惑った。「何でしょうか？」

サングラスを外して上着の内ポケットにしまったジェは、ジンの制服の胸に着いているオレンジ色の小さな花のコサージュを目で示した。

「これからデートなんだ」

「もちろん、どうぞ」

ジンはオーナーの息子の飾らない気質に驚きながら、コサージュを外して手渡した。所定の位置につき、彼のためにドアを開ける。

手にしたコサージュを見て笑みを浮かべたジェは、ドアを通ろうとして不意に足を止め、ジンの前に立った。

「君の名前は？」

「クォン・ジンスと申します」質問を光栄に感じながら答える。

「これをありがとう。クォン・ジンスさん」

そう言ってジェはコサージュを小さく振り、ジンの肩をぽんと叩いてホテルに入っていった。

ジンは丁寧にお辞儀して見送る。顔を上げたときには思わず笑みが浮かんでいた。

ホテルのトップに名前を訊かれた。もしかすると好印象を持ってもらえたかもしれない。これほど幸先のいいことがあるだろうか。

彼は気をよくしながら、よりいっそうの接客サービスを心がけた。

「ようこそおいでくださいました」

「ありがとうございました」

「お帰りなさいませ」

ひっきりなしにドアを出入りする身なりのきちんとした客たちに声をかける。

一時間ほど経ったときだった。足早にホテルを出ていく花模様のシルク・ワンピースを着た女性の背中に一礼し、ガラスドアを閉めたとき、ドライブウェイを親子連れが近づいてきた。

「あの、すみません」

父親が声をかけてきた。粗末な半袖《はんそで》シャツの前をはだけ、いかにも身なりが貧しい。

「子供にトイレを使わせてもらえませんか？」

そう言って連れている六歳ぐらいの男の子の頭に手を置く。

ジンは困惑して子供を一瞥した。子供は居心地悪そうにもじもじと立っている。

「お願いします」父親が頭を下げた。「今にももれそうなんですよ」

支配人から言われた言葉を忘れていないジンは丁寧な口調で言った。

「申し訳ありませんが、ホテルのお客さま以外はお断りしています」子供を気の毒だとは思うが仕方がない。「通りを行ったところにトイレがありますよ」

父親の顔に落胆が浮かんだ。「通りのどのぐらい先ですか？」

「三ブロック先のデパートの中です」ジンは答えた。

「我慢できそうか？」

父親の問いに子供は泣きそうな顔でかぶりを振った。

ジンは内心でため息をつき、すばやくドライブウェイを見やった。幸いにも客が途切れ、見ている者はいない。

「仕方ありませんね」彼はドアを開けた。「入って左です。用を足したらすぐに出てきてください」

「ありがとうございます！　なんていい人なんだ」

卑屈ともいえるほど腰を屈め、父親が子供を連れて足早にホテルに入った。

親子の後ろ姿を見ながらドアを閉めようとしてジンは身をこわばらせた。キム支配人がロビーを横切り、まっすぐこちらに向かってくる。

しまった、と後悔してももう遅い。支配人は横を通りすぎる親子にあからさまな侮蔑の視線を送り、ドアを抜けてジンの前に立った。

「君はこのホテルと自らの仕事に対して尊敬の念を持っているのか、ミスター・クォン？」

ジンは即座に頭を下げた。「申し訳ありません」

「私はホテルに立ち入らせてよい人間を説明したはずだ」

「お詫《わ》びいたします」

「それに胸の花飾りはどうした？　服装規定違反だぞ」

「申し訳ありません。その……失くしてしまったようです」

「これは君への最初の警告だ」

ジンは顔を上げた。「はい。二度とこのようなことはいたしません。今回は小さなお子さんでしたので……」

「子供ならそこらの側溝でさせればいいではないか。君らのような人間はいつもそうしているだろう?」

君らのような人間……。

「今すぐ行って、やつらをつまみ出せ。仕事を失いたくなかったら急ぐんだ」

ジンはキム支配人の冷たい目を見やった。と同時に、オーナーに名前を訊かれて輝くような前途を予感した瞬間を思い出す。だが、彼の自尊心は天秤《てんびん》の針をあっさりと傾かせた。

無言のまま白手袋を外し、トップハットを脱いでその中に放り込む。

「いったい何をしている?」

彼の行動に呆気《あっけ》に取られている支配人に、それを礼儀正しく押しつける。

「機会を与えてくださり、ありがとうございました」

ジンは返事も待たずに立ち去った。あれほど望んだ将来をすべて置き去りにして。


ソーヤーは自分の歩調がますます鈍くなるのを感じていた。肩の痛みのせいで左腕はだらりと下がり、右手で持っているエコーのなたも今にも取り落としてしまいそうなほど重い。とうとう気力の限界が訪れ、彼は立ち止まるなり地面に力なくへたり込んでしまった。肺にため込んでいた空気を一気に吐き出し、なたをかたわらの土に突き刺す。

島を縦断する一行の先頭を行くアナ-ルシアが、耳ざとく振り返った。

「みんな止まって」

彼女の合図でバーナード、リビー、シンディが疲れた顔で立ち止まる。

シンディから水筒を受け取ったアナ－ルシアは、あと戻りしてソーヤーの前に立った。

「立って」

「吐きそうだ」ソーヤーは顔をしかめてみせた。

アナ－ルシアがふたを開けた水筒を差し出して言う。

「足手まといになるようなら置いてくわよ」

「ああ、行ってくれ。おれに構うな」

水筒を受け取ってソーヤーがそっけなく答えると、彼女はふたを放ってきた。

「わかったわ。それじゃね」

アナ－ルシアはきびすを返した。本当に前進するつもりらしい。

水でのどをうるおしてからソーヤーは彼女の背中に声をかけた。

「あんたに訊きたいことがある」

「何？」彼女は億劫そうに戻ってきた。

「鼻の利くあの黒人がいない上におれまで置き去りにして、どうやっておれたちの〈キャンプ〉までたどり着くつもりだ？」

「島を突っ切って、それから海岸沿いに歩くわ。それにエコーはすぐに追いついてくる」

「ミ、ス、ター、・エコーだろ？」

アナ-ルシアは面白くもなさそうに肩をすくめた。

もうひと口水を飲みながらソーヤーは彼女をあらためて観察した。後ろで無造作に縄で縛った髪、向こう気の強そうな顔つき、慈悲を一切感じさせないまなざし。袖を落とした薄手の革ジャンパーから出ている両腕には筋肉がつき、ジーンズの腰に巻いた革ベルトには、棍棒、手製ナイフ、彼から奪った拳銃がずらりと並んでいる。一見してただ者ではない。

「あんた、結婚は？」ソーヤーは訊いてみた。

「何だって？」彼女は眉をひそめた。

「結婚してるのか？」

「してないわ」きっぱりと言い切る。

「そりゃ残念だな。かわいい奥さんになれそうなのに」

アナ-ルシアは鼻先で笑った。

「笑えるわね。で、あんたのほうは？」

「結婚か？　してない」

「ゲイなの？」

彼女の険しいまなざしにいたずらっぽい光がかすかにまたたくのにソーヤーは気づいた。

「笑えるな」言いながら彼は本当に笑った。

それを見たアナ-ルシアも小さな笑みを返してきた。

水分補給の小休止と短いおしゃべりはエネルギーを与えてくれたようだ。ソーヤーはなたの柄をつかんで立ち上がり、水筒を彼女に返した。

「さあ、出かけようぜ。こんなとこで何をぐずぐずしてる?」

じっと見すえてくるアナ－ルシアの視線をさらりとかわし、ソーヤーは歩きだした。


エコーは草やぶの向こうから聞こえる低い水音に気づいた。

同時にジンも耳にしたようで、彼は勇んで草やぶに飛び込み、斜面の下へと消えた。

エコーが傾斜面を降りきったときにはすでに、ジンが石だらけの岸に膝をついて浅い川から清水をすくって飲んでいた。エコーも水筒を取り出して水を補充しておく。

マイケルの足跡をずっと捕捉してきたが、もし彼が川を渡ったとしたら痕跡が途切れることになる。三メートルほど離れた向こう岸を見てから、エコーはジンに振り向いた。

「ここで待っててくれ。上に戻って彼の歩いた痕跡をもう一度探してみる」

ジンがうなずくのを見て、彼はもと来た道まで斜面を登った。

最後に確認した足跡の場所まで戻り、周囲の地面に目を凝らしたとき、水を蹴《け》立てる音が聞こえてきた。ジンが川を渡っているらしい。

エコーはあわてて川原に向かった。

あてどなくジャングルをさまよっていたマイケルは、ふと背後で話し声が聞こえた気がして戻ってみた。

先ほど渡った小川の岸で顔を洗う人影。なんとジンだ。ここまで追ってきたらしい。

マイケルはいらだちを覚えながら向こう岸に声をかけた。

「何してるんだ？」

弾かれるようにジンが顔を上げた。

「戻れ」マイケルは手振りで示した。

「マイケル……」

「いいから戻ってくれ」

そう言い捨てるや彼はジンに背を向け、再びジャングルの奥を目指して駆けだした。

後方で水音が響き、続いてがさがさと草を踏み分ける音が聞こえてきた。

マイケルはジンを振り切って捜索を続けたかったが、すでに疲労が蓄積し、ペースを上げることができない。

「ウォルト！　ウォルト！」

息子の名を呼びながら小走りに進む。しかし、川が滝になっている岩壁に着いたとき、ついにジンに追いつかれてしまった。

「マイケル」

「私を追うな！　息子を見つけるまで戻るつもりはない！」

マイケルは手のひらを口に添えて叫んだ。

「ウォルト！　パパはここだぞ！　どこにいるんだ⁉」滝の水音に負けないように声を張り上げる。「ウォルトオオ！」

見かねたようにジンが「しーっ！」と指を口に当てた。

「やつらに聞こえるって言うのか？　それこそ望むところさ！」

マイケルは小さな岩に上り、周囲に向かって叫んだ。

「おい！　聞こえたら、私を捕まえに来い！　私を連れていけ！」

「大声を出すのは賢明じゃない」

声に振り返ると、そこには漆黒の大男がいた。

「いっしょに戻るんだ」

「いやだ！　戻らない！」マイケルは怒鳴った。

「今はそんなことをしているときでは……」

「あの子を残してなど行けるもんか！」

エコーがゆっくりと歩いてきた。

力ずくで連れ戻そうというならこっちにも考えがある。マイケルは手にしている棍棒を両手で構え、いつでも殴りかかれる体勢を取って叫んだ。

「それ以上近づくな！」

隣にいるジンは困惑したように見ている。

「連中があんたの息子さんを奪ったことは聞いた」大男は落ち着き払い、同情的な口調で言った。「しかし、彼らがどんな力を持っているかをあんたはまだ知らない。彼らが隠れようと決めたら、捜し出すことなど誰にもできないんだ」

「私はここに残る……」無念がつのり、マイケルは涙をこぼした。「やつらは、私の手から息子を奪い去ったんだ。この手からだぞ。あの子を取り戻さない限り、私は帰れない……」

「今、意地になっても息子さんのためにならない。来るべき時がやってくれば、あんたたち親子はきっとお互いを見つけられる。おれはそう確信している」

まだ知り合ったばかりだというのに、男の言葉にはなぜか説得力があり、反論するのがためらわれた。

肩に置かれた手に振り向くと、ジンが一心に見つめていた。

「マイケル。君が、ウォルト、見つける」

たどたどしい英語ながらも彼の気持ちが伝わり、マイケルは棍棒を静かに下ろした。

二人に追跡され、簡単に追いつかれてしまった自分に腹が立っていた。だが、それでも彼らの言い分が正しいと思えるだけの冷静さが戻る。

マイケルは大きく息をついて周囲を見回した。

「いったい、私たちは今どこにいるんだ?」

その言葉を聞いてエコーが安心したようにほほ笑み、きびすを返した。

ジンにそっとうながされ、マイケルもそのあとに続いて歩きだした。


サンは小高い砂浜に腰を下ろし、海を眺めていた。

群青色とオレンジ色に染まった夕暮れ。息を呑むほど美しい景色は、孤独をより感じさせるのかもしれない。サンはジンを強く思い、不安な気持ちで指輪のない左薬指を触っていた。

さくさくと砂を踏む音が背後から近づいてきた。

「ハイ」声を振り仰ぐとケイトだった。

「こんにちは」

サンがそう答えると、彼女は隣に座り込んだ。

「きれいね」

海を見やってケイトが言う。サンはただ黙ってうなずいた。

「ハーリーから聞いたわ。結婚指輪を失くしたんですって?」

「私……」サンは硬い口調で答えた。「ここにじっと座って、自分に言い聞かせてたところなの。指輪ごときであんなに取り乱すなんてバカだわって。だって、単なる〝モノ〟だもの」

「でも……〝モノ〟って、やっぱり意味があるんじゃない?」ケイトが翳《かげ》りのある笑みを浮かべた。「女だもの。女にとってはどんなモノにもちゃんと意味があるわ。そうでしょ？」

彼女にも大切な人を思い出す〝モノ〟があるらしい。サンが同意のほほ笑みを返すと、ケイトは明るく訊いてきた。

「ねえ、ジンのプロポーズはどんなだった？」

「時間がかかったわ」

ケイトが笑う。

「二年近くもかかったのよ。でも、それは私を愛していないからじゃなくて、彼がお金を貯《た》めていたからなの。結婚に見合うだけの指輪を買いたいって、彼が……」

ジンへの思いを感じ取ったのか、ケイトがなぐさめるような視線を向けた。

「いかだが出航してからまだ数日よ。ジンはきっと無事で……」

「やめて！」サンは声を上げて遮った。「誰もが『大丈夫だ』って私に言う。もううんざりだわ。だって……だって、あの人は大丈夫なんかじゃない」

ケイトはたじろぐように口をつぐんだ。

サンは感情を爆発させたことを恥じ入りつつ、秘密を明かすことに決めた。

「実を言うと、クレアがボトルを見つけたの。みんなのメッセージを入れたものよ。あれがいかだからここまで流れ着いたの」

たちまちケイトは目を大きく見開き、何度かまばたきを繰り返した。いかだに何かが起きたことが彼女にもわかったようだ。

「そのボトルは、今どこにあるの？」

「砂に埋めたわ」

「見せて」ケイトは言いながら立ち上がった。

サンは〈キャンプ〉を抜け、ひと気のない砂浜に彼女を連れていった。場所の見当をつけて、埋めたときと同じように素手で砂を掘る。隣に屈み込んだケイトが食い入るように穴を見つめている。

だが、ボトルはなかなか出てこない。

「本当にここなの？」

いつもは冷静なケイトが、じれた様子で急《せ》き立てる。

サンはさらに深く掘り進み、指先に当たったボトルをつかんで引き上げた。

「見せて」

まるで奪うようにケイトがボトルをつかみ取る。見る間にコルク栓を抜き、中の丸まった紙片を砂地の上に振り出すや、それらを開いて読み始めた。

「何してるの？」サンは驚いて尋ねた。

「見たいものがあるの」

「ケイト。個人的な手紙よ。いけないわ」

だがケイトは一心不乱に手紙を開いている。サンは彼女の手をつかんで強くたしなめた。

「やめて！」

ケイトは動きを止めて顔を上げた。その目はうるんでいた。

「彼が何か書き残してないかと思って……」

その表情を見たサンは、直感した名前を驚きとともに口にした。

「彼って、ソーヤーのこと……？」

返ってきた小さなうなずき。次いでケイトの顔には悔恨がにじんだ。

「私たち……さよならも言えなかったから」

サンにはかける言葉がなかった。沈黙の中、彼女は砂に散乱した紙片を拾い集め、ひとつひとつボトルに入れ始めた。

そのとき急にケイトがくすくす笑った。

サンが不審に思って見やると、ケイトはボトルの埋まっていた穴を目顔で示した。

何かと思いながら穴を見る。サンは目を疑った。

砂から指輪が顔を出している。

すぐに拾い上げて目の前にかざす。間違いなくジンの贈ってくれた結婚指輪。

左薬指にはめたとたん胸に熱いものがこみ上げ、サンは泣きだした。ケイトが横にいるのも構わず声を上げて泣いた。

結婚指輪の感触を指で確かめながらジンは歩いていた。前を行くエコーも後ろを歩くマイケルも一言も言葉を発しない。周囲が暗くなってきたこともあり、先発したアナ－ルシアたちを追う旅はけっして楽ではなかった。

それでも、ジンは顔を上げて歩き続ける。

旅の終点にはサンが待っているのだ。一刻も早く〈キャンプ〉に着いて、妻に無事な姿を見せてやりたい。妻をこの島から助け出すための航行は失敗に終わったが、それでもこうして生きて戻ることができたことを知らせたい。

まだ希望はある。妻の笑顔がそこにある限り。


ジンはうなだれ、重い足を引きずってソウル市内を流れる漢江《ハンガン》の支流沿いを歩いていた。出世のチャンスをふいにしただけではない。仕事までなくなってしまった。

自分の気持ちに恥じるようなことはしなかったつもりだ。だが、それが人生を長い目で見た場合に正しい行動だったのかどうか、自分自身でも判然としない。

川沿いの遊歩道を物乞《ご》いが歩いている。高価そうな服装のカップルに金をねだったが、彼らに完全に無視され、またとぼとぼとさまよう。

持てる者と持たざる者。今のジンは物乞いのほうに肩入れしてしまう。

不意に彼は若い女性とすれ違った。彼女は川面を照らす夕陽と見まごうほどの鮮烈なオレンジ色のワンピースを着て、携帯電話で話をしながらひとり歩いていく。

オレンジ色の女性。ジンはタイスの言葉を思い出して立ち止まり、しばし彼女の後ろ姿を見ていた。あれがもしかすると出会うはずの恋人かもしれない。そう思ったが、すぐにかぶりを振る。バカバカしい。占いなど当たるわけがない。

身をひるがえして歩き始めようとした刹那《せつな》、ジンは向こうから来た通行人とぶつかってしまった。小さな悲鳴とともに相手のバッグが地面に落ち、中身がいくつかこぼれ出る。

「すみません！」

あわてて屈んでそれらを拾い上げ、相手の女性に手渡す。

「大丈夫ですか？　すみませんでした」

「いいえ、平気です」

その瞬間、時間が止まってしまった。

相手の顔から視線が外せない。知らず知らずにほほ笑みを送っていた。

すると彼女も、ごく自然にほほ笑みを返してきた。

それがサンとの出会いだった。

あの出会いの日から二年後に贈られた結婚指輪。

サンは砂浜に座ったまま、涙でにじむ目でそれを飽くことなく眺めた。

いかだにたとえ何が起きようと、ジンは無事に戻ってくる。サンは強くそう感じた。不安を容易にぬぐい去ることはできなくとも、夫との再会を信じられる気がした。

指輪が夕陽にきらめく。それはまさに〝希望〟の光だった。


（VOL．2へ続く）

24　TWENTY FOUR
上・中・下

ジョエル・サーナウ＆ロバート・コクラン［原案］　小島由記子［編訳］
カラーグラビア8頁付・定価620円（税込）
事件はリアルタイムで進行する！　複雑に絡み合う人間関係と衝撃の展開をみせる物語の連続で、全米を熱狂させた超大型テレビシリーズ。

24　TWENTY FOUR　シーズンII
VOL.1～4

ジョエル・サーナウ＆ロバート・コクラン［原案］　小島由記子［編訳］
カラーグラビア8頁付・定価620円（税込）
中東の新興テロ組織によってロサンゼルスに核爆弾が仕掛けられたとの情報がCTUにもたらされる。ジャックの長い一日が再び始まる！

24　TWENTY FOUR　シーズンIII
VOL.1～4

ジョエル・サーナウ＆ロバート・コクラン［原案］　小島由記子［編訳］
カラーグラビア8頁付・定価620円（税込）
核爆弾テロから3年——。バイオテロという新たな脅威に立ち向かうことになったジャックの新たなる長い一日を描くシリーズ第3弾！

24　TWENTY FOUR　シーズンIV
VOL.1～4

ジョエル・サーナウ＆ロバート・コクラン［原案］　小島由記子［編訳］
カラーグラビア8頁付・定価650円（税込）
バイオテロから1年3ヶ月——。CTUを解雇されたジャックは束の間の平安を得ていたが、国家の危機に立ち上がる……。

24　TWENTY FOUR　シーズンV
VOL.1～4

ジョエル・サーナウ＆ロバート・コクラン［原案］　小島由記子［編訳］
カラーグラビア8頁付・定価650円（税込）
最初の10分間ですべてが変わる!!　衝撃の新展開を迎えるシーズンV！

編訳者紹介

入間 眞 ***Shin Iruma***

東京都生まれ。早稲田大学卒。家電メーカー勤務を経てライターに。編訳・著書に『死者の夜明け ドーン・オブ・ザ・デッド』『マシニスト』『真実』『Happy Together』(以上、小社刊)『僕の彼女を紹介します』(角川文庫)『デイジー』(SB文庫)など。ウェブ上でも映画コラム等を執筆している。

LOST SEASON 2　VOL.1

平成19年2月8日 初版発行

原案――ジェフリー・リーバー
J.J.エイブラムス
デイモン・リンデロフ

編訳――入間 眞

ブックデザイン――石橋成哲

編集協力――魚山志暢

発行人――高橋一平

発行所――株式会社竹書房
〒102-0072　東京都千代田区飯田橋2-7-3
電話：03-3264-1576（代表）
03-3234-6301（編集）
http://www.takeshobo.co.jp
振替：00170-2-179210

印刷所――凸版印刷株式会社

定価はカバーに表示してあります。
乱丁・落丁の場合には当社にてお取り替え致します。

ISBN978-4-8124-3019-4　C0174

Printed in Japan

ST™

TA-KE SHOBO ENTERTAINMENT BOOKS